美女は天下の回りもの

林 真理子

マガジンハウス

美女は天下の回りもの

目次

住む世界が違うんです

喜ばせたい、笑わせたい

いけないことは、楽しいこと

美女は天下の回りもの

イラスト・著者

住む世界が違うんです
bijo wa tenka no mawarimono

クローンの街!?

一年ぶりに（二〇一六年初夏）ソウルにやってきた。

このところ台湾人気に押され、やや影が薄くなったようなソウルである。以前はあんなにいた、日本の若い子もあんまりいない。おばさんたちもいない。

「でも私、ソウルって本当にいいと思うんだ」

と言うのはおなじみホリキさんである。いつも一緒に旅行している。実は彼女、ソウルが大好きで、年に三回は来ているとか。今度も彼女が全部仕切ってくれた。

おかげでおいしいお店にも行けたし、買物もムダなくまわれた。ホテルもグレード

アップというおまけ付き。

「だって羽田から二時間で来られるんだよ。福岡行くぐらいだし、時差はないしさ」

「そうだよね。あっという間に着いちゃったよね」

「それからやっぱり都会だよ。エステやレストランのグレードもものすごく高いしさ」

台湾は素朴さや、昔風の建物などが人気であるが、ソウルはやはり洗練されている。

私とホリキさんは、

「今、ソウルでいちばん高級」

というエステに出かけた。二時間のボディ&フェイシャルを頼んだ時、私の口の中に唾がわき出てきた。このところ仕事が忙しくて〆切りに追われ、本当に疲れきっていたのである。

このエステはオープンしたばかりで、インテリアもすごく素敵。まず漢方茶を出してくれ、それから個室へ。二時間、うつらうつらしながらエステを受ける。至福の時だ。東京だと忙しくて、こういう時間はとれない。ついでにネイルサロンへ行き、ペディキュアもしてもらった。

次の日はショッピングへ。ソウルの洋服の豊富さ、安さはよく知られている。私も夏もののTシャツやパンツをどっさり買った。センスもいいし、生地も悪くない。自他共に認めるおしゃれ番長のホリキさんは、インナーに使える、レース付きのタンクトップを何枚かお買上げ。リブなので体にぴったりするすぐれものだそうだ。

私はカロスキルを歩く女の子たちを観察していた。ほとんどがショートパンツである。日本で流行っている、ガウチョはほとんど見ない。

「暑いのと、脚に自信があるからじゃないの」

とホリキさんは言うが、よく見ると脚が太い子も結構いる。みんながみんなK－POPの女の子たちみたいなわけない。

それと驚くのは、帽子や日傘をさしている女の子を見かけないことだ。日本だと、

「そこまでしなくても……」

という紫外線防止ルックをよく見る。若いコでも、長手袋や首巻きスカーフはしょっちゅう、中には養蜂家みたいな帽子をかぶっている人も。

しかしソウルではサングラスもあまり見ない。どうやって美肌を守っているのだろうか。

こちらへ来て毎回しみじみ思うのは、韓国女性の肌の美しさ。肌理《きめ》が細かくて真白、だから真赤な口紅と太いアイラインメイクがきまるのだ。あれは日本のコはなかなか

真似出来ない。

カロスキルにも、そういうコがいっぱい歩いている。

「みんなキレイだなァ」

と思って見ていたのであるが、途中からあることに気づいた。

「みんな、同じ顔してる!!」

そう、目がパッチリしていて、鼻が不自然なほど細く高いのだ。韓国は美容整形大国だと知っていたが、昨年来た時よりも、同じ顔がずっと増えているではないか。

「韓国では、整形は歯列矯正と同じようなもんですから、それを隠すこともないです」

と、こちらの知り合いが教えてくれた。そう、鼻にテープを貼ったり、マスクしている「お直し中」でも、堂々と歩いている。

このあいだ高須クリニック院長と西原理恵子さんとの本を読んでいたら、韓国の整形は、目を二重にするとサービスで鼻もいじってくれるそうだ。

「整形のバリューサービス」と西原さんは書いている。

韓国の女性に、丸顔の人は少ないような気がする。みんな細面だ。だから目と鼻を直すと、同じような顔になるのである。

「このコもやってる」

「あ、このコはものすごくやってる」

歩きながら確かめていく私。そのうち、背筋が寒くなってきた。昼下がりの大通り、本当に同じような顔をした女の子が、ぞろぞろ歩いてくるんですよ。まるでクローン人間の行列である。はっきり言ってコワい。

「男のコたちは、このことをどう思ってるのかしら」

先ほどの知り合いに聞いた。

「うーん、つき合っている最中に直されたらイヤだけど、知り合う前に大幅に直してても気にしないんじゃないですかね」

しかし、女優の昔の顔がネットにいっぱい出てくるのは日本と同じ。今、人気絶頂のアイドルが、高校生の時親友に、

「いっぱい直してきちゃった」

とバンソウコウだらけの顔をメールした。その親友が当時の写真を暴露して騒ぎになっているとか。やっぱり女の妬みは万国共通なんだ。

コレ無しではもう…

このあいだテレビを見ていたら、〝久しぶり〟という感じのタレントさんが出ていた。

ものすごく可愛くなっていた。たぶん〝お直し〟したんだろうが、なんかそれ以上に根本的に変わっている。

途中で以前のミュージックビデオが出てきた。

「あっ、顔が三分の二になっている！」

横幅がきゅっとせばまって、ものすごい小顔になっているのだ。

「小顔」「小顔」と世間が騒ぎ出したのは、この十数年ぐらいのことである。昔は美

人に「小顔」という条件はそれほど入っていなかった。当時の女優さんを見ればわかる。それなのに最近は「小顔」でなければすべてが始まらない。

ソウルの街角を歩いていたら、美容整形通りというところにぶつかった。ここは安いので、よく日本から女の子が来るという。

「この頃は、顔を小さくしてくれ、ってみんな言うみたいですね」

現地の知り合いが教えてくれた。

「注射で小さくすることも出来るようですけど、やっぱり劇的に小さくするのは手術でしょうね」

エラを削る、というのは相当に痛そうだ。昔のことを考えると、アヌーク・エーメとか、エラの張った女優さんに憧れた時代もあった。骨格がしっかりしている外国の女優。エラが出ていると意志が強そうな都会的な印象になる。

人間の顔って、小さければいいってもんじゃないでしょ、とデカ顔の私は反論したい。舞台に出ている俳優さんは、顔が大きい方が絶対にいい。最近テレビや映画に出ている売れっ子が、よく舞台に出るけれど、あまりにも小顔だと印象が希薄になってしまう。特に女優さんがそう。そこへ舞台出身のインパクトのある、大きめの顔の女優さんが出てくると完全に負ける。本当だ。

ところで前にお話ししたと思うが、ものすごく効く美容液を見つけた私。どのくらいすごいかというと、使い始めて一週間で、肌の肌理が変わったのがはっきりわかる。しかもたるみも上がり、顎の輪郭がはっきりして小顔になったような。いちばんすごいのは、首のタテ線が薄くなったことだ。首のヨコ線は、もうデブだから仕方ないと諦めていた。夜は枕をはずすようにしたが、それではやはり眠れない。ヨコもすごくイヤなのに、最近タテ線も加わるようになった。ヨコよりもタテの方がずっとまずい。ものすごく老けて見える。私はかなり一生懸命いろんなものをつけたり、マッサージをしたのであるが、タテ線は深くなるばかり。ところがこの美容液をつけたとたん、びっくりするぐらい目立たなくなったのだ。

この美容液を大切に、昼・夜つけていたところ、残りもう少しになった。が、この美容液はふつうに売っていない。

「個人で買うのむずかしいし高いんです。まとまると安くなるのでもう少し待って」

とヘアメイクのA子さんは言った。が、ついに使い切ってしまった私。

「ヤクが切れた、ヤクが切れた！」

もだえ苦しんだ。

「早くA子さんに電話して、今すぐ欲しいって！」

「ダメですよ、まだ数が集まらないそうです」

とハタケヤマ。

しかし私はあることを考えついた。容器に書いてあるお客さま番号に連絡すればいいんじゃない？

が、電話に出た人はあきらかに困惑気味。

「失礼ですが、お客さまはプロの方ですか」

なんて聞く。

「いいえ、一般人です。ふつうの人」

「うちの製品は、どこでお知りになったんですか」

「ヘアメイクの人から聞きました」

「そうですか……。実はうちの製品はサロンさまだけに卸していて、一般の方にはお売りしていないんです」

そこを何とか、と私は喰いさがった。

「次からきっとサロンに行きます！　本当です。パンフレット入れといてください！　だから今回だけ」

ねばって二本手に入れた。しかし小瓶である。一本は前から欲しがっていた友人に

渡し、さあ、使おうと思った矢先、ある女優さんと対談した。美女で知られるこの方にいろいろ美容法を聞いていていたのだが、

「ハヤシさんこそ、すっごく綺麗な肌」

お世辞とわかっていても嬉しい。私はペラペラと美容液のことを話し、

「あと一本あるのでお送りします」

と約束した。が、あの大女優さんが本当に使ってくれるかしら。もしかしたら迷惑だったかも。とにかく送った。そして再び、

「ヤクが切れた！」

と大騒ぎ。美容液は十五本集まったらまとめて買える。今九本予約があるそうだ。

「もー、私ひとりで六本買うよ。あの人とあの人、あの人、みんな欲しがってたから」

といい加減なことを言った。そして今六本もある！　誰か買ってくれませんかね？

靴に恋して

またまたやってきましたニューヨーク。

四ヶ月ぶりだ。前に来た時は女性三人のうえ一人は下戸なので、夜遊びをすることもなく夕食後はすぐにホテルに戻った。

が、今回は現地の人を含めて男性が二人いる。こちらは女性三人。車は夜中までチャーターしている。しかも五人揃って呑んべえなのだ。こうなったら飲むしかない。ミュージカルを観た後、ダウンタウンのイタリアンで、スパークリングやワインをじゃんじゃん飲んだ。

八月のニューヨークは、ほとんどが観光客。ニューヨーカーたちはバカンスに出か

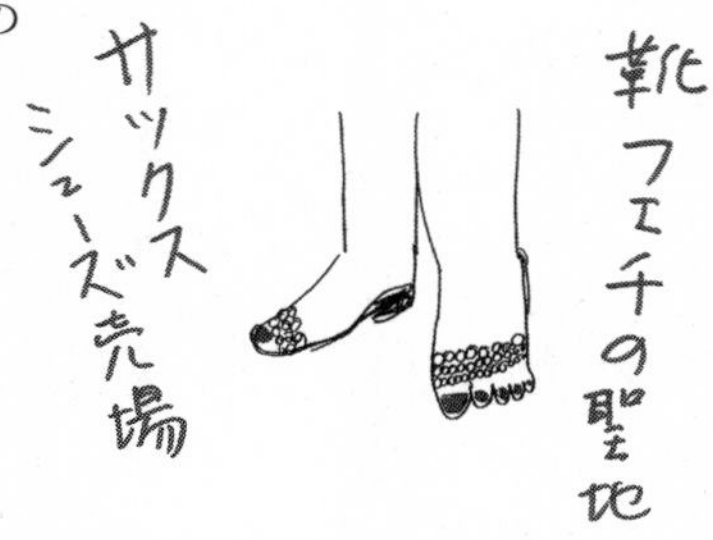

けている。だからあんまりおしゃれな人を見ないなァと思っていたが、このレストランに来たらまるで様相が違う。男も女もあかぬけていて、流行のものをさりげなく着ている。そして楽し気な食事風景が絵になる人たち。

日本だと、そお、渋谷の「ドンチッチョ」という感じであろうか。

あまりにもうきうきして、夜中のパスタをどっさりと食べてしまった。さすがに、「デザートはパス」と言ったら、「うちのデザートを食べないなんて。そんなことは許されない。世界一おいしいんだ」だと。

この旅行、私たちは食べてばかりいる。到着して最初の夜、今、ニューヨークいち人気のフレンチに出かけた。本来なら予約がとれないのであるが、キャンセルが出たのである。

セントラルパークの夜景を見ながら、ものすごく凝ったフレンチにシャンパン。ここはおごりであったが、請求書の数字をちらっと見て、私は卒倒しそうになった。ものすごい金額なのである。

物価でもニューヨークは世界一だ。

次の日のランチは、ＡＢＣキッチン。ここはカジュアルであるが、とても予約のとれないお店。

ＡＢＣカーペット＆ホームが経営している。ここはＡＢＣマートとは関係ない。インテリアと雑貨の店だ。だからレストランの食器がとても可愛い。アンティックな小皿や、コショウ入れ、ソルト入れは、

「よーく、盗まれるの」

と現地の友人Ａ子ちゃんが教えてくれた。前回にひき続いて一緒に遊んでもらっている彼女は、私の友だちのお嬢さん。アートの仕事をしているだけあって、とてもセンスがいい。

「こういう小さなコショウ入れは、すぐにポケットに入れちゃう人多いんですよ」

それでも相変わらず、素敵な食器を出し続けてくれるそうだ。

ランチの後、女性三人プラスＡ子ちゃんの四人でサックスに向かう。ここは私たち靴大好き人間にとって、まさに聖地のような場所だ。ワンフロアがまるごと靴売り場なのだ。直行のエレベーターさえある。

売り場では秋物が出揃っている。そうかと思えば、隅の方ではバーゲンセールが、売れ残ったりモデル使用の靴がなんと五割から七割引き。

しかし、みんなが試着し倒しているらしく、どれも薄汚い。何足も床に散らばっているのに、店員も直さない。

「ちょっとひどいよね……？　いくら安くても」

中井美穂ちゃんにささやいた。

「私は高くても、あっちの売り場で買うことにする」

「そうだよねぇ」

彼女も同じことを考えていたらしい。

クロエのフラットシューズを履いてみる。いつものサイズなのにまるで入らない。

「旅行中だから足がむくんでるんですよ」

美穂ちゃんは言うが本当であろうか。

そのクロエは踝《かかと》のところが丸い花びらのようにカットされていてとても可愛い。これはワンサイズ上でお買い上げ。

その後、考えた末にシャネルの靴を買った。これは甲にパールが三連つながっている。こんな可愛いの見たことない。ワンサイズ上を頼む。

これもニューヨークで買う醍醐味なのであるが、さすが白人の国。私のサイズなどふつうにある。さらに、

「その靴、とても素敵よ」

店員さんにおだてられ、もう一足買ってしまった。ゴールドのスリップオンである。

四ヶ月前に来た時は、おばちゃん店員がほとんどだった。しかし今回、スタッフは全員男性である。中年のイケメンたちがフォーマルな格好をして後ろに控えている。こういう人たちに、日本のデカ足を見せるのは本当にイヤなものだ。が、仕方ない。一人をつかまえてオーダーし、私はゆっくりとソファに腰かける。

やがて彼は、たくさんの靴を箱ごと持ってきた。そして一足ごと履かせてくれ、

「どう？　君にとてもよく似合ってるよ」

とお世辞を言ってくれるのだ。彼が奥に入っている間、

「もう誰かに頼んでるの？」と聞いてきた店員さんがいる。そして、

「年寄りに頼むと一日かかるよ」

だって。歩合制なので、買いそうな客はキープしたいらしい。こういう時、何て言うか。

「アイム・ビーイング・ヘルプド。サンキュー」

そうかーとえらく納得してしまった。

その男、近づくべからず

絶対に近づいちゃいけない

テレビでしょっちゅう見ている人が、怖ろしい事件を起こすというのはイヤなものである。

あのコを初めてテレビで見た時、

「目がちょっとイッてるかも……」

と思ったけれど、その後イケメン風の目になっていた。なんでも目を二重にしたらしい。確かにネットの画像を見るとものすごく変わっている。

天然とか天衣無縫が売りものであったはずなのに、ばっちり整形していたというのはどうなんだろうか。そのあたりに彼の複雑さがあったかもしれない。

私の男友だちが言った。

「時々いるんだよね。彼みたいに、自分の性欲をコントロール出来ない若い男の子が。女の子たちは本当に気をつけなければ」

今の若い男の子たちは、すべてが淡白なように見えるから女の子たちはちょっとナメているかもしれない。しかしそういう中に混じって、犯罪を犯す男の子は確かにいるのである。このあたりの危機管理をちゃんとしておかなければ、なにかあってからでは遅いのだ。

今のネット社会、ふつうの女の子でも犯罪者と知り合う機会は多い。私はまわりの女の子たちに、

「身元のわからない男とつき合うのは絶対にダメ」

と口をすっぱくして言っている。

学校や職場のつながりからネットワークはつくられていく。あるいは趣味で知り合うこともあるかもしれない。が、人というのはロマンティックなことを考えがち。旅先で知り合ったり、飲むところで気が合って、という偶然の出会いを期待するであろう。しかし、そういう時も早めに「身元調査」をしなくてはならない。私など大昔、列車の向かい側に座った「東大生」に声をかけられた時、ちゃんと学生証を見せても

らった。勤め先を聞いたら、どういう社員かどうか、知り合いを使ってさりげなくチェック。正社員でなく、期間限定の派遣だったということもあり得る。

「あんた、人を差別する気かよ」

と言う向きもあるだろうが、私は最初から隠しごとをしたり、嘘をついたりする男にろくなのはいないと考えている。そう、そう、同棲は結婚じゃないからと、口をぬぐって平気で合コンにくる男というのもサイテーだ。

とにかくクズの男をつかまないこと。これは幸せな人生をおくれるかどうかということに大きくかかわってくる。

男によって生き方や幸せを左右される女、というのはイヤだ、というのならば、よっぽど稼ぎがよくならなくてはならない。先日、雑誌を読んでいたら有名な作詞家の女性が、十八歳年下のトルコ男性と結婚して、三億円むしり取られたという。このくらいのスケールになると、もはや結婚は趣味の域になってきて、男と暮らすことは巨額の費用がかかるお道楽なのだ。

作家の岩井志麻子さんも、ものすごく年下のイケメン韓国人男性と暮らしているが、

「あっちはお金めあて、こっちは体めあて」

と公言している。「クズ男」を楽しむ余裕は、この作詞家さんとか志麻子さんぐら

いじゃないとちょっと無理であろう。

ふつうの女の子は、とにかくクズをつかんではいけない。それではクズというのはどんなのを言うか。私らおばさんにはひと目でわかる。その男はダメだと。

しかし男を見る目がしっかり備わるのは、男の人と縁がない年代になってからというのは当然のこと。若い時にそんなもんはありはしない。それに若い時は大人の言うことは聞かない。多くの女の子がクズをつかんでしまうのである。そして女の子はいつか、失敗が許されない女性になっていく。

私が本当にいらつくのは美人で頭のいい女性が、だらだらとクズ男とつき合っていることだ。ヒモになるほどでもなく、DVもふるわず、そうかといって愛情や誠実を女に与えない男。こういうのと結婚しないまま、一緒に暮らしている女性が私のまわりにもいっぱいいる。

「どうして結婚しないの」

と聞くと、

「いやぁ、結婚する相手じゃないと思ってるんで」

という返事が返ってくる。一生を共にするのは不安なのだ。そのくせ別れる勇気やきっかけがつかめない。そうして三十代後半を迎える女性を私は何人も知っている。

私のやさしくえらいところは、そういう「クズ地獄」から何人かの女性を救い出し、ちゃんとした男性を紹介したことであろう。中には結婚した人も何人かいる。

私は女性と三年以上つき合って、結婚しない男はクズだと思う。その女性から結婚のチャンスを奪っているわけだ。

私は二十代から十年間、そういうクズ男とつき合ってきたので、そのあたりの心理がよーくわかる。クズ男でも恋人はいた方がいい。いなかったらどんなに淋しいだろうと思い込んでいたが、あれは間違いであった。今でも彼は独身だ。クズ人生につき合わされなくて本当によかった。時々は懐かしいけどさ。

それって常識じゃん

今まで知らなかったことを初めて知って、

「そんなの常識じゃん」

と言われた時の衝撃は大きい。

この夏にニューヨークへ行くことになり、友人を誘った。

「向こうで一緒に遊ぼうよ」

すると彼女からメールがあり、

「チケットが高過ぎて行けない」

とある。えー、いったいどういうことなんだろうか。彼女のことだからたぶんビジ

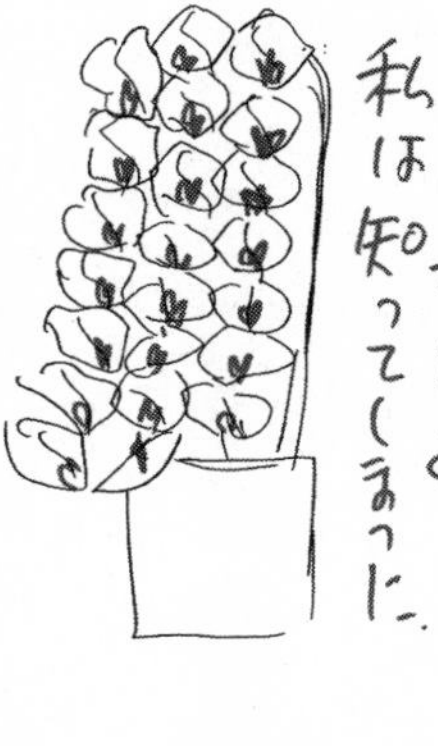

ネスクラスであろう。四月に行った時のチケットは、確かに高かったような気もする。けれども、彼女は働いていて、かなりの収入がある。私は秘書に聞いた。

「四月のニューヨーク、正確にいくらだった？」

「〇十万円です」

「ふぅーん、かなりするよね。でもそれで行けないってことはないような」

「ハヤシさん、今はハイシーズンだから一・五倍になってますよ」

えー、知らなかった。飛行機のチケットというのは、一年中同じ値段だと思っていたからだ。よく「安売りチケット」とか「お得チケット」というのがあるが、それはエコノミークラスの話だと考えていた。彼女が言っていた「高過ぎる」とはこういうことだったのか……。

友だちとお酒を飲んでいたら、楽屋花の話に。私は知り合いの俳優さんに時々お花を贈るが、

「いつもアレンジにしてるの。胡蝶蘭ってなんかさ、ありきたりな感じがして」

「私もそうよ」

と友だち。

「それにさ、胡蝶蘭って値段がわかるしさ」

「えー、そうなの？」

「そうだよ。枝が一本一万円って常識じゃん」

えー、知らなかった。本当にびっくりした。

テレビを見ていても、

「このコと△□□△って、つき合ってるんだよ」

と娘に教えられ、

「えー本当!?」

と驚くと、

「そんなの常識じゃん、知らなかったの」

と冷たく言われることが多い。

北川景子さんと高畑淳子さんが親戚というのも、今回初めて知った。皆さん、知ってましたか？

芸能界のことだけでなく、ファッションのことにうといのは、ちょっと馬鹿にされるかも。しかし私は、

「今、サンローランのデザイナーは誰か」とかいう質問にまるで答えられない。

いつからベストのことを、ジレと言い始めたのか。この時期をはずしてしまいみじ

めな思いをした。

しかしファッションはともかく、私は男女関係の専門家である。男と女の恋の物語をいっぱい書いてきた。それなのに、ついこのあいだのこと。時々行く居酒屋さんがある。仕切っているのは、エプロン姿の五十代の女性。中のカウンターには三十代の板前さん。

二人は、「○○ちゃん、カレイの煮付けお願い」「はい、△△さん、出来たよ」と息が合ってる。私はずっと女性の方がお店を持ち、板前さんを雇っていると思っていた。そうしたら、「あの二人、夫婦なんだよ」と聞き、えーっとのけぞった。

「そんなの常識じゃん。常連はみんな知ってたよ」

とのこと。あー驚いた。

さらに今日、近所の人と立ち話をしていたら、

「ねぇ、ねぇ、知ってる？　あそこの歯科医の先生、浮気してるんだよ」と教えられた。

「このあいだ夜家に帰る時、車から見たのよ。そこの壁にもたれて女の人がしくしく泣いてたわけ。そのコにさ、あの先生が〝壁ドン〟してたのよ」

「えーっ、あの先生が！」

ウッソーという感じ。かなりいいお年の、頭髪が半分どこかへいっちゃった先生である。壁ドンなんていうのは、山崎賢人クンがするもんだと思ってた。

「でもね、あそこの受付と先生がデキてたのは有名らしいのよ」

「へぇーっ!!」

その時居合わせた友だちの話によると、

「マリコさんの目が異様に輝き、ものすごくいい笑顔になった」

ということである。それはいくら私が知らなくても、口惜しさよりも衝撃の方が上回ったということであろう。こういうのは楽しい。

着物を着るために、ヘアメイクの人に派手めなアップにしてもらった。こういう時は、逆毛を盛大に立ててくれる。その後、近所のサロンに行ったら、

「逆毛立てたでしょ。キューティクルがめちゃくちゃになってる。多分戻らないよ」

この時はショックより腹が立った。この常識、私に教えてくれなきゃ。あら、知らなかったワと笑えません。

〃同レベル〃でないと

最近仲よくなった四十代のA子さんは、東大法学部卒、外資金融の管理職という肩書き、しかもすごい美人である。

が、傲慢なところはまるでない。どちらかというと引っ込み思案。恋愛もうまくいかなくて未だに独身である。男の人といいところまでいくのであるが、結婚までたどりつけない。そして好きになるのは、多くの人が、

「いったいどうしてあんな男を」

と驚くレベルだという。

「あなただったら、選び放題だろうに、どうしてそんなことになるの」

「私、自信がないんですよ」

という彼女の言葉をとても本気にとれない。

「そんなことありえないと思うけど」

「本当です。たぶん親が私のことをあんまり認めてくれなかったからだと思います」

「えー！」

その場にいた人たちも、みんな声をあげた。

「姉と比べると、私は劣っているから……」

「ちょっと、待ってよ」

と私。

「東大法学部卒が劣ってると思うお姉さんって、いったい何なのよ⁉」

「姉は現役でしたが、私は浪人して入ったんで」

上の人たちって、すごい比べ方をするんだなァとため息が出る。

ところでこの頃、また姉妹愛というのが注目されている。おととし（二〇一四年）「アナと雪の女王」で、「姉妹の力」というのが注目された。何の計算もない、純粋な愛情で結ばれた女二人は、実にいいものだと人々は思ったのだ。

そして今は「麻耶ちゃん、麻央ちゃん」姉妹が人々の感動を誘っている。病気と闘っている麻央ちゃんであるが、一日も早く回復してほしいと日本中が祈っている。妹を支える麻耶ちゃんの頑張りも素晴らしい。あれを見ていると、

「姉妹っていいなァ」

と多くの人が思ったに違いない。

あの二人はどちらもすごい美人で、しかも性格がよい。

私は海老蔵さん、麻央さんの結婚披露宴にお招きいただき、美しいウエディング姿を見た。どよめきが起こる美しさであった。イヴニング姿も素敵だった。

会場で麻耶ちゃんに会った。こちらは未婚の女性らしく振袖を着ていたけれども、その可憐なことといったらない。思わず言った。

「おたくはすごいね。麻耶ちゃん、麻央ちゃんが姉妹だもんね」

これだけのレベルが揃うなんて、本当にすごいという意味だ。

なぜなら芸能界にも、

「えー、お姉ちゃん（あるいは妹）残念」

と思う姉妹がいる。妹（あるいは姉）は、美貌なのに、片方はそうでもない。付き人にしか見えないケースがある。

最近の広瀬アリスちゃん、すずちゃんのような美形姉妹みたいだと、こちらも安心

して見ていられるのであるが、

「姉妹でこんなに違うとかわいそうだな。きっといろんな苦労があるだろうなあ」

と邪推してしまう姉妹がいる。もし自分の方がずっと美人で人気があったとしても、姉（あるいは妹）に気を遣っていろいろ大変だと思う。

一般人だって、違い過ぎる姉妹はかなりつらいことがあるに違いない。はっきり言うと文句が出るかもしれないが、容貌の差は配偶者の差に表れることもある。片方はエリートや金持ちと結婚して、もう片方はふつうのサラリーマンと結婚したりすると、つき合いにもいろんなトラブルが出てくるのを、私は見聞きすることがある。

やはり姉妹というのは、顔も性格もよく似ているというのがベストだ。

ある遊び人の男性が教えてくれた。

「三人姉妹がいると、末っ子はかなりの確率で遊んでいる」

というのである。

そういえば、と思い出すことがいくつかある。しっかり者の長女、ちょっと変わっているマイペースの次女ときて、三番めが確かにいちばん明るくて面白くてモテていたなあと。みんなから可愛がられて、ちょっとわがままなのも男の人の気をひくのだ。

そうそう、「海街ｄｉａｒｙ」という映画も大ヒットしたっけ。あの姉妹でいちばん奔放だったのは次女の長澤まさみちゃんであったが、やっぱり姉妹が集い、楽し気に喋るのを見るのはみんな大好きなんだ。美しいものは複数だともっといい。美しい姉妹というのは、見ている人たちを幸せな気分にしてくれる。

何度もお話ししているが、アンアンでこのエッセイを担当してくれているシタラちゃんは、さる有名企業のご令嬢。趣味は「家族でするハワイでのゴルフ」だそうだ。二つ上のお姉ちゃんがいてすごく仲がいい。お姉ちゃんは何年か前に結婚しているが今もよく会う。

「残す願いは、私の未来の嫁ぎ先が姉の結婚と格差ないことですかね」

だって……。お金持ちのお嬢さまってこういうことを考えるんだ。

無敵のミューズ

小林麻美さんについては、私はずーっと不満を抱いていた。ホント。

なぜならマスコミが彼女のことを徹底無視するからだ。

よく男性週刊誌で、

「八〇年代を彩ったいい女」

シリーズを企画する。いろんな女優さんやタレントさんが出てくるのに、麻美さんの名前がない！

「どうして、どうして⁉ 八〇年代のいい女の代表っていったら、やっぱり小林麻美

でしょう！」

　私がいきどおっていたら、編集者が教えてくれた。

「あの人のダンナさんは、今、芸能界のドンになっている。だからみんな遠慮して出さないんだよ」

　そうなの？　そうだとしたら残念で仕方ない。当時の女の子は、みんな小林麻美さんに憧れ、おしゃれの基本を教えてもらったのだ。

　特にマガジンハウスの女性誌を読んでいるような、高感度の女性に崇拝者は多く、その人気は教祖といってもよかった。

　私にはよく憶えている彼女の言葉がある。当時流行っていたソニア リキエルのニットを着て表紙を飾った麻美さんは、胸のリボンを整えるスタイリストにこう言ったそうだ。編集者が記している。

「力なく結《ゆ》わえてね」

　なんて素敵な言葉であろうか。リボンの結びめひとつにしても、ものすごいこだわりがあったのだ。

　長身ですんばらしいプロポーション。面長の美人であるが、当時の芸能人には珍しく〝ブリっこ〟や媚《こ》びたところがなく、どちらかというと硬質な印象があった。そう、本当に大人のいい女だったのである。

麻美さんが結婚を機に引退して、二十五年が流れた。マスコミに出ることはいっさいなく、レジェンドとして私らの中に君臨しようとしていた今夏（二〇一六年）、再びマガジンハウス「ｋｕ：ｎｅｌ」のグラビアに登場したのだ。これまた伝説の編集長、淀川美代子さんとの友情によるものらしい。

そしてグラビアで見た麻美さんは、昔と変わらない美しさとカッコよさ。六十を過ぎているなんてとても信じられないと、ものすごい話題になったものだ。

インタビュー記事も載っていた。今みたいにスタイリストが、何から何まで揃えてくれていた時代ではない。そして麻美さんも、人の持ってきたものなんか着たくない。それで自分でサンローランを買う。ギャラは全部、お洋服につぎ込んだというからすごいではないか。

そう、思い出した。サンローランのスモーキングジャケットを流行らせたのは、麻美さんだったんだ。ロングのパールを垂らしたあの着こなし。そう、そう、だんだん思い出してきた。

麻美さんは「アンニュイ」と表現されていた。にっこり微笑む写真はあまりなく、ちょっと気だるそうな表情であったと記憶している。アンニュイというのは、ヨーロッパの女優さんだけが持っているものと思っていたが、麻美さんは見事にその空気をまとっていたのである。

今、みんな平均しておしゃれで可愛いけど、麻美さんのようなミューズは出てこない。そお、麻美さんを含めて八〇年代の女たちがどんなに素敵だったか……。麻美さんの親友は当時ユーミンであった。ユーミンの部屋で二人して、和菓子を食べながらいろいろお話をしているという記事を読み、心の底から、

「いいなぁー」と憧れたものだ。

そんなある日、ユーミンの事務所から電話が入った。

「今度松任谷がプロデュースする小林麻美さんのニューアルバム、ハヤシさんにショートストーリー書いてほしいんですけど」

もちろん大喜びでＯＫ。

「つきましてはランチをとりながら飯倉のキャンティで打ち合わせを」

これがどんなにすごいことだったか。八〇年代を生きた人にはわかってもらえると思う。

「ユーミンと小林麻美と、三人でキャンティでご飯」

みんなに自慢しまくっていたら、テツオに、

「いったい何を着てくんだ」

と心配されたことを昨日のように思い出す。

あの日、私は調子にのってぺらぺら喋りまくっていたような気がするけど。懐かしいなあ。

ユーミンとはコンサートに行けば会えるが、麻美さんはもう二度とその姿を見ることがないと思っていた。それがグラビア登場である。私たちはどんなに嬉しかったろうか。若いコたちも、

「へぇー、めちゃくちゃおしゃれな人」

と感心していた。

そして最新号にもまたまた登場。トレンチコートを着こなしている。自分になじませるため、新品でも洗たく機で洗ってよれよれにするんだそうだ。自分の顔がよれよれになっている人は絶対に無理。これぱっかりは真似出来ません。

ひかるさんの光る髪

仲よしの中井美穂ちゃんは、演劇大好きである。いや、もう〝好き〟というレベルではないかもしれない。新聞社の主催する大きな演劇賞の選考委員もしているのである。一日に二回観ることも多い。そしてすごいのは、たくさんの俳優さんたちを知っているということ。

美穂ちゃんのバースデーパーティーにたまに招かれると、十人ぐらいの客のほとんどが宝塚の元スターさんたち。退団した後も、舞台で活躍している、私もよく知っている方々だ。そう、美穂ちゃんは大のヅカファンでもある。

何度か一緒に宝塚を観たことがある。ファンクラブの人に頼んで、私の分と二枚譲

ってもらうのだ。おかげですごい人気の公演を観ることが出来た。

その美穂ちゃんが誘ってくれた。

「マリコさん、宝塚のOGでやるCHICAGOを観に行きませんか」

これはブロードウェイミュージカルの名作。一度映画にもなっている。宝塚OG版も一度観たことがあるが、娘役、男役でトップだったすごいメンバーたちだ。私の大好きな姿月《しづき》あさとさんも、弁護士役で出演している。なんとこの元宝塚トップスターたちは、既に本場ニューヨークに行き、今度はその凱旋公演ということになる。

すべての出演者の踊りと歌はさすがに素晴らしかったが、私が目が離せなかったのは、主役の朝海《あさみ》ひかるさんの髪である。役でボブのショートにしているのであるが、キラキラしてまぶしいくらい。彼女が踊ると、その髪も揺れ、光をあたりに散らす。

ステージの後、みんなでお茶をしている時もその話題になった。

「本当に綺麗だったよねぇ。私、びっくりしちゃった」

「でもあんなに髪が光るものかなァ。もしかするとウィッグじゃないの」

「でも、ウィッグだと、あんな激しい踊りに耐えられないよ」

などとみんな興味シンシンだった。

その後私は用事があったので家に帰ったが、何人かは食事に出かけた。みんなで新しく出来たおしゃれな焼肉屋さんに行ったらしいが、そこに昼の部を終えた朝海ひかるさんがいらしたそうだ。

「マリコさん、聞きました。あの美しい髪の秘密を」

友人の一人がすぐにLINEをくれた。

「ヘアアイロンを使っているそうです。実物はこれ」

写真もついている。

「何だったら、私が今度買ってきてあげましょうか」

お願い、と文字を押しかけてやめた。ドライヤーを使うのも好きではない、この不精ったれの私。ヘアアイロンを使うわけがない。

そもそも宝塚の女優さんたちというのは、神さまに特別愛されている方々である。顔も小さく美しいが、プロポーションもすごい。そしてこのうえに、天性の歌唱力や演技力を持っている。もともと髪だって、キレイで艶々してるはずだ。

私がいくら頑張ってヘアアイロン使ったとしても、朝海ひかるさんのような髪になれるわけないし……。

ということで、ヘアアイロンを買うのをやめておいた私。

ところが四日前のこと、宅急便が届いた。送り主は中井美穂ちゃん。細長い箱を開けたら、手紙とあのヘアアイロンが入っているではないか。

「これはマリコさんがすごく気にしていた、朝海ひかるちゃんが使っているものです。あんなふうにピカピカになります。マリコさんもぜひ使ってくださいね」

それはこのあいだ、私が歌舞伎のチケットを二枚プレゼントしたことのお礼なのだ。行けなくなったチケットを渡しただけなのに、こんなふうに気を遣わせて本当にごめんね。

そしてそのアイロンを、さっそく取り出し使い始めたのであるが、どうもうまくいかない。なんかどこか違うのである。

私はいつも通うサロンに持っていった。

「お願いだから、仕上げにこれを使ってくれない」

確かに髪はストレートになったが、朝海ひかるさんの美しい髪には遠くおよばない。やはり、年齢と土台がまるで違うのだと実感した……。

ところで話は変わるが、私の隣りに友人が突然家を建てたのは三年前のこと。このおばさんは、とんでもなく自分勝手。ヘアサロンを紹介して、というので近所の店を二軒教えた。そのうち一軒は始まる時間が十時でちょっと不便。もうひとつは朝の八時半にはオープンしているからだ。しかしその十時開店の店、

「私は九時半にやってもらうのよ」

「えっ、そんなこと出来るの⁉」

「行けばどこだってやってくれるわよ」

「でも、その時間は掃除とかミーティングとか……」

「二人しかいないんだから、喋ることないわよ」

そうか、この人は自分が開店時間を決めてるんだとつくづく思った……。

お嬢の番頭

最近このエッセイの担当が代わった。

フジテレビのアナウンサー試験を、カメラテストで落ちたコイケ青年から、社長令嬢シタラちゃんに代わったのである。

上司のテツオは言う。

「シタラは大金持ちの娘で、遊び方も違う東京っ子。面白いネタをいっぱい持ってるよ」

若くてかわいい。もちろんおしゃれでセンスがいい。何気にサンローランのバッグなんか持っている。この頃一緒に出かけることも多い。

先日はアンアン編集長のキタワキさんがご招待してくれて、みんなで宝塚の「エリザベート」を観に行った。ヅカファンというよりもヅカ専門家の、中井美穂ちゃんも一緒だ。

幕が開く少し前、隣りの席に座っていた美穂ちゃんが言った。

「マリコさん、今日のフランツ、本当にカッコいいですよお〜」

フランツというのは、エリザベートの夫であるオーストリア皇帝である。ナイーブな若き日の王から、年老いての重厚な演技もこなさなくてはならない。それを男役二番手の真風涼帆《まかぜすずほ》さんが演じている。

主演の朝夏《あさか》まなとさんも素晴らしい。二人のあまりのカッコよさに呆然としてしまった。とても現実の人とは思えない。真風さんを見るのは初めてだが、エリザベートを見つめる時の笑みを含んだまなざしが何とも言えず、

「ス、素敵……」

「ね、きっとマリコさん気に入ると思ってました」

美穂ちゃんは得意そうだ。

やがて休憩になった。美穂ちゃんは宝塚劇場に通い慣れているので、トイレ事情にも詳しい。みんなで近くのホテルへ行った。そこのエレベーターに乗り込んだ時、私

は、

「キャーッ！」

と悲鳴をあげていた。向こうの壁一面が鏡になっていて、そこにボサボサ髪のおばさんが……。

「これって、ライトのせいだよねッ！」

と叫んだ。そしてシタラちゃんの腕をつかんで、私の横に立たせた。

「これ、鏡とライトがいけないいんだよねッ！」

「そうですかねぇ……」

若いシタラちゃんは、まぁ、いつもどおりに映っている。

美穂ちゃんが笑いながら言った。

「マリコさん、宝塚見ている最中や後で、絶対に鏡を見ちゃいけませんよ。現実にひき戻されてつらいことになりますから」

そうだよね。私がいけなかった。これからはトイレへ行っても、決して鏡を見ないようにしよう。

さて先日のこと、テツオともう一人、別の会社の編集者と三人でご飯を食べていた時に、

「最近ハヤシさんの編集者の集まり、若い人ばっかりでオレたちはいづらい」

ということになった。

「各社オーバー50を集めてどこか一泊で行きませんか。そうだ、ハヤシさんの軽井沢の別荘いいじゃないですか」

軽井沢は買って三年になるが、ほとんど行っていない。旧軽に建つ古いうちである。そこでバーベキューをしようと話がまとまった。

「だけど誰が仕切るの。こまめに働く人なんか誰もいないよー」

「ジジイとババアばっかりになるから、各社一人ずつ若い番頭出そうよ。よく働くやつ。うちからはシタラを出します」

「じゃあ、うちからはナカモト」

ということになり、女性三人はうちに泊まり、男性三人と女性一人は駅前のホテルに泊まることになった。

レンタカーを借り、若い人たちで「ツルヤ」に買い出し。軽井沢が誇る、なんでも揃うスーパーマーケットですね。

男性陣が火をおこし、バーベキューが始まった。意外と手際がいいのがシタラちゃん。

「うちも軽井沢に別荘持ってますので、よくバーベキューしますから」

という言葉にやや皆はシラけた。

なにしろ趣味はと聞かれると、

「家族で行く海外でのゴルフ」

と平気で答え、やはりお嬢さまは違うとみんな感心している。

彼女のいいところは、大酒飲みということであろう。飲み方がハンパない。他の人たちもものすごく飲む。なにしろ七人で、ウイスキーひと瓶と九本のワインを空にした。

そして酔っぱらったシタラちゃんから、カレシの話を聞いて、みんなあーだこーだいいかげんなアドバイスをする。

私はお世話になっている編集者の方々へ、うちのワインセラーから、シャトー・マルゴーの年代物を選び出して持っていった。が、バーベキューにあんなものを持っていくものではない。みんなプラスチックのコップでぐびぐび飲み、誰もがマルゴーのことを瞬時に忘れた。まぁ、それでいいのであるが……。

食べて飲んで喋って、バーベキューは楽しい。若者もジジババも恋の話をしてしまう火の力です。鏡もないしさ。

涙の勝利

最近お鮨屋さんで、上のネタだけ食べる人がいるそうだ。シャリだけが残るのを見て店員さんが苦情を言ったら、「そんなの客の勝手だろ」と逆ギレしたそうだ。

糖質ダイエットブームのせいである。

五年ぐらい前、私が熱心にやっていた頃、女友だちとランチを食べることになった。場所はホテルの中のお鮨屋さんである。

「でも私、糖質ダイエット中だから」

と言ったら、幹事役の友人が、

「大丈夫。お店に頼んで何とかするから」

と請け合ってくれた。どうしてくれるのかと興味シンシンで行ったら、当日私のお皿だけ、お刺身が六枚並べてあった……。

糖質をセーブすると確かに痩せる。徹底的にすると面白いぐらい痩せていくので、みんなこのダイエットにハマるのであろう。問題はお米やパンが食べられないこと。お鮨は最もタブーとするもの。鮨米にはたくさんの砂糖が含まれている。そして塩も。お鮨を食べる時はお醤油をつける。だからとても喉が乾く。水分をどんどん摂る。次の日、ヘルスメーターにのると二キロ増えていてびっくりすることがある。みんな糖質と水のせいだ。

が、この頃私がお鮨を食べる時はもうびくびくしない。覚悟を決める。

「もうお鮨を食べるからには、とことん楽しむのだ。おっかなびっくり食べたらお鮨に失礼ではないか」

上だけ食べるなんてもっての他だ。ひたすら食べる。がんがん食べる。が、昔のような量は食べられない。三分の二ぐらいだ。しかし太ったまま。いったいどういうことであろうか。

「もうこの頃はダイエットやっていないのね」

多くの人に聞かれる。私がご飯もパンも食べるからだ。デザートにも手を出す。なんでこんなことになったのか。

もうダイエットに飽きたからというのが正しい。糖質制限をするとちょっとは痩せる。が、すぐにリバウンドする。そんなことを繰り返すよりも適度に食べる方が、高値なりに安定するようだ。

しかし秋が深くなるにつれ、スカートがきつくなってきた。糖質を摂り続けると、体重はそう変化なくてもお腹が出てくる。ちょっとかがむと「ウソー！」というぐらいお腹の肉を実感するのである。

これはまずいと、私はお鮨禁止令を自分に課した。どんな誘いがあっても、絶対に断るのだと。

ところが友人から、

「四谷のMを予約したからおいでよ」

という電話があった。Mといえば、いちばん予約が取りづらいところ。まるで鮨の神が宿っているようなおいしさ。私は毎年一月に行った際、来年の予約をするというやり方をしている。Mとなったら話は別だ。

「行く、行く。絶対に行く」

そして仕事に出かける時、秘書のハタケヤマが、手紙を持って追いかけてきた。

「ハヤシさん、今夜の招待状と地図が入ってますよ」

「大丈夫、いらないよ。よく行くところだから」

その日はずっとウキウキ。仕事の打ち合わせも早く切り上げて四谷に向かった。しかしどうしたことであろうか。お店が真暗。中を覗いても誰もいない。

「日にちを間違えたんだ！」

さっそくハタケヤマに電話したところ、

「間違いないですよ。今夜七時からです」

ときっぱり。

「だって四谷の……」

「ハヤシさん、住所は紀尾井町になってます」

知らなかった。タクシーをすぐに止めてそこの住所へ急いだ。着いたところは、驚いた……。私の全く知らない世界が広がっていたのだ。赤坂プリンスホテルの跡地が開発されたという話は聞いていたが、そこには大きなビルが三つか四つ建ち、真中には広場が広がっている。ものすごく広い。どこに行っていいのかわからない。

「東京ガーデンテラス紀尾井町ってどこですか？」

私はそこにいる人に聞きまくった。しかしそこにいた人たちは誰も知らないと言う。地図を見る。が、全くわからない。どのレストランフロアにも、Mの名前はないのである。

東京というのは、どうしてこう大きな変革をするのであろうか。一年行かないと街は変わり店はどこかへ行ってしまう。

一緒に行くはずの友人に電話をかける。食事中なので電源を切ってる。お店にかける。お話し中。やっとかかって話しかけたらまた切れた。

時間はもう約束の七時より十分過ぎている。

涙が出てきそう。これはいましめではないのか。ダイエットの神が、私にもうお鮨はやめろと言っているのではないだろうか。もうこのまま帰れと言っているのか……。

その時黒服の男性が走り寄ってきた。私を探しに来てくれたお店の人だ。ありがとう！　鮨の神がダイエットの神に勝った瞬間。

そして今夜も私は大好物のお鮨をたらふく食べたのである。

女優界の『白と黒』

秋の夜、甘納豆を食べながらドラマを見るのは至福の時である。

今年（二〇一六年）の秋ドラマはかなりレベルが高い。私のいちばんのお気に入りは、「地味にスゴイ！ 校閲ガール・河野悦子」である。ファッション誌の編集者に憧れていた女の子が、入った先は地味な校閲部という筋書き。校閲というのは、印刷される文章や事実に間違いがないか、一行一行確かめていく縁の下の力持ちというべき仕事だ。ちなみにロケをしているところは、私と親しい出版社である。何度か行ったことのあるロビィや受付が出てくる。

「ロケを見学したいな」

とおねだりしたところ、日曜日だというので諦めた。

ところでドラマに出てくるファッション誌「Ｌａｓｓｙ」というのは、私には「アンアン」に見える。本田翼ちゃんが「Ｌａｓｓｙ」の編集者を演じているが、私のよく知っている「アンアン」の人たちにそっくり。みんなあんな風に撮影現場に立ち会ったり、写真を選んだりしている。

それに憧れる校閲ガールが石原さとみちゃんという設定であるが、とっかえひっかえ着てくるお洋服の可愛いこと。そしてさとみちゃんの笑顔。彼女はものすごい美貌であるが、笑うとぐっと気さくな感じになるのが人気の要因であろう。

あと「砂の塔」の菅野美穂ちゃんも、お子さんを生んでからますます綺麗になった。ふつうの主婦という設定なので、お洋服もカジュアルで庶民的なものを着ている。が、そうする方がかえって顔の美しさが引き立つ。そこが女優さんのすごいところ。

私が思うに、今の芸能界、男の俳優さんの方が戦国時代っぽい。小栗旬さんとか永山瑛太さん、綾野剛さんといった、三十代半ばの目のさめるようなカッコいい一群がいる。それに見惚れていると、その下の世代の菅田《すだ》将暉《まさき》君、岡田将生《まさき》君、佐藤健《たける》君といった「何者」世代がぐーっと上がってきたではないか。みんなめちゃくちゃ素敵で演技がうまい。このあたりが混戦模様で上の世代とも主役を取り合っている。

そこへいくと女優さんの方が安定しているかも。子育てでちょっとお休みしても、菅野美穂さんや広末涼子さんといった三十代は、しっかりとトップグループを形成している。上戸彩ちゃんも復帰が早いはず。

若手の方では有村架純ちゃん、二階堂ふみちゃん、宮﨑あおいちゃん、新垣結衣ちゃんたちがずうーっと長いこと人気を保っている。特に今回の秋ドラマでは、ガッキーのダンスが可愛いと評判だ。

こういう女優さんたちは、男性はもちろん女性からの支持もすごい。言いかえると、女性に好かれなくては、トップまではいけないのだ。

女性に好かれる女優さんというのは、私が見たところ三つのタイプに分かれる。
1　同性から見ても文句のつけようがない美貌。ひれ伏すしかない美貌を持っていること。菜々緒ちゃんはこの1タイプであろう。だから悪女を何度やろうとも、女の子はみんな菜々緒ちゃんのことが大好き。特にあの人間離れしたすごく長い脚を見ていると、羨望をとおり越して神々しいものを見たような気がする。
2　裏表のないピュアな魅力を持っていること。有村架純ちゃんは典型的なこのタイプ。同性から見ても、

「この人を守ってあげなければ」

という気持ちにさせる。言いかえれば、

「美人だけど敵にはならない人」

になる。

女の子のこのへんの嗅覚はすごくて、どれほどテレビや映画でにっこりしていても、

「この女したたかそう」

とすぐに見抜く。その〝したたか臭〟というのは、女子アナから発せられることが多い。だから女の子というのは、女子アナのことが好きではない。だいたい、就職の時に女子アナをめざす、そのことだけでも、どれだけ自信家で上昇志向が強いかということだ、と私のまわりの女性たちは言う。
3　美人だけど、サバサバしている。米倉涼子さんがこの代表であろう。彼女が好かれるのは、男性への媚びがいっさいないことだ。あくまでも、自分のために美しさを磨き、好きな仕事として女優をやっている感がひしひしと伝わってくる。
それと反対に、デビューした時の雰囲気で、

「このコ、別に演技したいわけじゃない。ちやほやされたいから女優になっただけ。金持ち見つけてすぐに結婚するよなー」

と思うとやはりそのようになる。

美人だけどサバサバ派は、他にも吉田羊さんがいる。遅咲きだが女性の心をしっかりつかんだのは、やはりこの「好きなことをしてまっとうに生きてきた」感であろう。宝塚の出身はたいていこのコース。天海祐希さんとかは生き方も支持される。

女の人たちの女優さんへの評価は、かなり正しくて健康的だ。男性の場合はもっとマニアックで、かつ表面的。内面は関係ない。だから「趣味悪い、サイテー」とまわりの女たちから怒られるのだ。

猫背にヒール！

寒い季節になると、手芸を何かしたくなってくる。街に出れば安くて可愛いものがいっぱい売られているけれども、やはり自分でつくったものにはかなわない。私はかつてクロスステッチに夢中になった。それもどうしようもないくらいに。バラとかお人形の〝作品〟をつくり、小さな額に飾った。このずぼらでいい加減な私にとって、それは奇跡といっていい。パリに仕事に行く時も持っていったが、すぐにつくり終えてしまい、禁断状態に陥ってしまった。

「とにかく手芸屋さん連れてってください」

とコーディネイターにお願いし、有名な老舗に行ったところ、そこが本当に素敵な

ところであった。古い建物で高い天井、薄暗い店内にぎっしりと、ボタンやレースが置かれていたのだ。もちろんクロスステッチのセットもたくさん。興奮して山のように買い込んできた。

「でも今の若い人って手芸しないよね。彼氏にマフラーや手袋編んであげるなんて、昔の話だよね」

と言ったところ、三十代の女性編集者が、

「私が女子大生の頃、大学の寮で編み物が異常に流行ったことありますよ」

とのこと。自分のボーイフレンドの分だけではすぐにひととおり編み終わったので、友人のカレシにまでプレゼントしたそうだ。

「今思えば、みんな地方の子で、慣れない東京暮らしのストレスをあれで癒やしていたのかもしれません」

そして二人で、

「無心で指を動かしているあの感じ、たまらないよねー」

という結論になった。

ところで朝ドラ「べっぴんさん」が、なかなかいい感じ。人によってはまだるっこいという人もいるが、画面がゆったりとキレイ。ヒロインのすみれちゃんが、ひと針ひと針布を縫ったり、刺繍をする姿が本当に美しいのだ。

女の人がうつむいて手仕事をするのは、こんなに絵になるものかと思う。戦後すぐの話だから、地味な服を着て髪を三つ編みのアップにしている。それもいい感じ。おそらく現代でスマホを見ていたら、こんなに人の心をうつ光景にはならなかったであろう。

女の人がうつむいてキレイ、というのは実はとても期間が短い。三十代も終わりになると顎に肉がついてきて自然と二重になるのである。うつむいている時は、女の人が何か夢中になっている時で、無防備になっている。男の人がいちばん観察する時である。

実は男の人というのは、女の顔を正面からそんなにじっと見ない。しみじみと眺めるのは女の人がうつむいて何かしている時、というのは私の持論だ。

そういえば大昔、カネボウのコピーに、

「秋は横顔」

というのがあった。とてもいいキャッチフレーズだ。

日本の女の顔というのは、浮世絵を見てもわかるとおり顎がなくて丸い。それが近頃、みんな欧米人の横顔になってきた。完璧なプロフィール（横顔）を持つ人が何人もいる。

芸能人が顔をお直しする時は、まず鼻を高くし、それに合わせて顎もぐっと前に出す。この頃テレビを見ていると、

「ちょっと顎、出し過ぎじゃない」

と思う女優さんやタレントさんが何人もいる。ま、不自然でもキレイならいいんですけどね……。

秋のはじめ、メイっ子と一緒に山梨に行くことになった。別々に席をとったので、田舎の駅で待ち合わせることになった。

いちばん端っこの車輌から降り、だらだらと歩いていたら、ホームのあちら側のトイレが見えた。その時異様な感じの女性が……、

「ぎぇっ、貞子！」

かなり長い髪をだらーっと垂らし、猫背の女がトイレに入っていく。床まで届く長いワンピースも不気味である。向こう側のホームに着いたら、その女性もトイレから出てくるところであった。メイっ子ではないか。

「その長い、昔のヒッピーみたいなワンピ何なの？」

「えー、これ、イギリスのキャサリン妃が着てたのを、通販で取り寄せたんだよ」

「あの人ぐらい背が高ければいいけどさ、あなたの背たけだとズルズルしてておかしいでしょ！」

ついお小言の伯母である。

「それにさ、その髪、働いてる女の人にしちゃ長過ぎるよ。短くするか、ちゃんと結びなさい」

だから貞子と間違えたんだよ、という言葉をひっ込め、

「それにまず姿勢が悪い。猫背気味なのは、わが一族の特徴だけど、あなたはまず直しなさい」

そお、うつむいているのと猫背なのとはまるで違うのだ。ギャーギャー叱ったけど可愛いメイっ子。紙袋を押しつけた。

「ほら、これ。履いてないプラダの靴。試したのに、うちで履くときつくて履けないいつものアレ」

そうだよ。ヒールで猫背直しなさい。

コスプレの流儀

この原稿が載る頃には古い話になっているが、今年（二〇一六年）のハロウィンすごかったですね。

もちろん渋谷なんかには近づかないけれど、原宿を歩いていたら、早い時間なのに仮装した女の子がいっぱいいいた。

「私思うんだけどさ」

友だちが言った。

「ハロウィンで仮装してるコで、可愛いコいないね」

言われてみればそんな気もするけれど、「コップのフチ子さん」に扮していたグル

ープなんかかなりのレベルだった。

そもそもコスプレが嫌いな女はいない。ただ今までその機会がなかったのであるが、ハロウィンによって、いっぺんに解放された感じであろうか。

そういえばうちの親戚の中に、マジメで堅い一方の女の子がいる。そのコが一枚の写真を見せてくれた時はびっくりした。京都であのニセ舞妓さんをやっていたのである。だらりの帯に白塗りの顔。

「ものすごく楽しかった」

と彼女は言う。

さらにびっくりしたのは、宝塚メイク、宝塚ファッションで撮った写真。なんでも宝塚大劇場のすぐ近くに、こういう写真館があるということだ。

「一度やってみたかったの」

と友だちは言ったが、あれを見るとやっぱり宝塚の人って美形だと思う。彫りが深く、目鼻立ちが大きくないとああいうメイクは似合わない。

私はもちろんコスプレが大好き。エンジン01という文化人の団体の催しで、AKB48、きゃりーぱみゅぱみゅに扮《ふん》し、歌って踊ったことは既に何回もお話ししたと思う。

文士劇では平安時代の奥方、素人ミュージカルでは女神さまもやった。

そして今回は伯爵夫人に仮装することになった。エンジン01のポスターをつくるためだ。ドレスもそのために借りるんだと。

「ハヤシさん、サイズを教えてください」

私はこういうのがいちばんイヤ。信じられないようなウエストサイズを教えなくてはならない。

私はいろんな伯爵夫人を思いうかべた。どんなの着るのかな。マリー・アントワネットの時代だと、ウエストがきゅっとなっている。私にあんなのが着られるんだろうか……。相当コルセットを締めつけなくてはならない。

「下着はご本人で用意してください」

と書いてあったので、昔買ったウエストニッパーを持っていった。

当日スタジオに行くと、もうドレスが飾られていた。ヴィクトリア調というのであろうか、胸にひだひだがあり、ウエストをぐっとしぼったやつが二着。

「日本ではなかなか本格的なのがなくて、ハリウッドから取り寄せたんですよ」

スタイリストの人は言う。

それにしても、こんだけウエストの細いドレス、私に着られるわけないし……。

「あっ、ハヤシさんのドレスはこっち」

別のドレスを見せられた。これって中世のドレスじゃん。だぼっと上からかぶるようなやつ。そお、シェイクスピアの時代、ロミオとジュリエットを思いうかべてもらうといい。

他の二着のドレスは、別の二人の女性が着るのだ。どちらもスリムな美女である。

「これって、おかしくないですかッ」

私は抗議した。

「合成で三人立っているのに、私だけ時代が違うの、おかしくないですか」

「えー、いろんな年代があってもいいいんですよ」

スタイリストは言葉を濁す。

私は傷ついた。同じようなコスプレをして私だけまるっきり違うウエストがないドレスを着せられるなんて……。

ところで今年のハロウィンを見ていたら、女の子はゾンビとミニスカポリスが圧倒的に多かった。ピコ太郎も早くも流行路線。しかし工夫がいまひとつ、と思うのは私だけであろうか。

アメリカのハロウィンのニュースを見ていたら、大統領戦を扱ったり、トランプ候補の人種の壁を風刺したようなものがいっぱいあった。ダンボールを使った手づくりのものが目につく。そこへいくと日本のコスプレというのは、ドン・キホーテで買ってそのまま着ているというケースがほとんどかもしれない。来年はもうちょっと頑張ってくださいね。

先週ブロードウェイミュージカルの「キンキーブーツ」をテツオと一緒に観た。感動的に面白かった。女装する男性、ドラァグクイーンたちの美しくカッコいいこと。ヒロインは叫ぶ。

「ヒールが高くない靴なんて、履く価値はないわ」

なりたい自分になる。そのために着るものを、靴を選ぶ。ドラァグクイーンというのは、究極のコスプレであろう。しかしこちらは毎日やっている。すごい。コスプレには多少の苦痛がつきもの。着なれないものを着てるんだから、きつくてつらい。これに耐えられるって、本当にすごいことだと思いませんか?

納得できます!?

アメリカのナパバレーから、注文しておいたワインが三ダース届いた。

これはわが家のハウスワインというべき〝オヴァチュア〟である。かのオーパスワンのセカンドクラスだ。バランスがよい、とてもおいしい赤ワインである。

六年前（二〇一〇年）、ナパにワイナリーツアーした時、同行の和田秀樹さんに教えられた。

「これ、買っとくといいよ。日本にはまだ入ってないから」

今ではエノテカで販売しているが、当時は直接買いつけるしかなかった。試しにそこで二ダース買ったところ、毎年注文書が届くようになったのだ。

セカンドクラスだから、お値段もオーパス・ワンの半分ぐらい。カリフォルニアワインらしく力強い味は誰からも好かれる。だからよくワイン会や、ちょっと気張った手土産に持っていく。

今年はニューヨークに二回も行き、結構アメリカづいていた。食事もお買物も楽しく、

「やっぱり私ってアメリカ好きかも」

と言ったら、いつもの旅仲間のホリキさんから、

「だったら来年早々、サンフランシスコに行こうよ」

と誘われた。サンフランシスコは実はお買物天国。なかなか手に入らないレアものがいっぱいあるそうだ。

「前にも二回ぐらい行ったけど、サンフランシスコ、地味な印象だったよな」

「そんなことないよー。いいレストランもいっぱいあるし」

ということでさっそく予定に入れておいたのであるが、今回の大統領選である。あんな下品で、差別主義者のおじさんが大統領になるなんて信じられない。それでも当選させるアメリカの白人優位主義が、すっかりイヤになってしまった。

そして、あのトランプ夫人の整形のすごさ。

「ああいうお直しばっちり、玉の輿女がファーストレディになってもいいの？　アメリカ人どう思ってるの？」

あちらに詳しい友だちにメールしたら、

「みんな彼女がファーストレディになること納得して投票したんだから、いいんじゃない」

ということであった。

メラニア夫人は、胸にも何かしていると思う。痩せ過ぎのわりにはやたら胸が大きい。何より笑うとかなりこわいかも。白人のもともと美人が整形やると、みんな魔女っぽくなる。

オバマ夫人ミシェルさんの、知性と自信に溢《あふ》れたあの美しさとはまるで違う。あのトランプ夫人の出現により、世の中の女の何かが、大きく後戻りしたような気がするのは私だけであろうか。

ミシェル夫人や、かつての大統領夫人ヒラリー・クリントンも、夫の肩書きと距離を置こうとしているところがあった。

「夫は夫、私は私」

と毅然としていた。それが女性に好意を持たれていたのではなかろうか。

それなのにお人形さんみたいな、ただ綺麗なだけの女性が、ファーストレディになることに多くの人は賛成したのだ。いくらトロフィワイフといっても、三番めの奥さんになるのをよしとした女性。お金の魅力が大きかったに違いない。

私は残念だ。日本だって女の人の意識が大きく変わっているのに。

今日び、お金持ちや地位のある人の奥さんも仕事を持っていることが多い。あるいはボランティアや財団の仕事をしている。そして夫の名前を極力出さない。

が、時々、

「この奥さん苦手。一生お友だちになれない」

と思う人がいる。

こういう人は外形や喋り方に、すごい特徴がある。たいてい痩せていてゴルフ焼けしている。そして声のトーンが高く、一本調子で喋るのだ。

「あーら、パパ、違うんじゃないのォー」

というあの声を想像してほしい。

こういう人に会うと私はびっくりして、

「日本にはまだこんな人がいるんだなぁ」

と感心してしまう。

それと同じ感じで、トランプ夫人を見て、

「この人、イヤ」

とセンサーが働いた。

ファーストレディになれば、きっと高級ブランドをとっかえひっかえ着て、メディアをにぎわせることであろう。元ファッションモデルだから似合うのはあたり前。

だが私たちは憧れたりはしない。

「こんなに顔直して、頭悪そうだし（ミシェル夫人の演説パクったし）、大金持ちの三番めの奥さんになって、洋服好き放題買うってそんなにえらいか？　こんなのファーストレディにしたアメリカ人って何なのよー」

そうだよ、トランプ夫人って女がいちばん嫌うタイプのはずだが、アメリカ人はそうでもなかった。私はそれだけでアメリカ嫌いになりそう。

記憶にないの

クリスマスが近づくにつれて、ジュエリーの広告がやたら目立つようになる。高級女性誌をながめていると、数百万とか一千万の宝石が出てくる。世の中には、こういうものを買ってもらえる女の人がいるらしい。

私はそういう人生をとうに諦めているが、街の華やいだ空気に感染して、この季節ついふらふらとジュエリー売場を見てしまう。そしてちょっとしたアクセを買ってしまうのだ。

先日、銀座で食事の約束があり、ちょっと早めに着いたのでバーニーズ ニューヨークをのぞいた。そこで可愛いペンダントを発見。偶然であるが、私のイニシャルM

とHのチャームが組み合わさっていた。そう高い値段でなかったので、さっそく購入。私は「自分へのごほうび」という言葉が嫌いなのであるが、アクセサリーの場合、ついそれが浮かんでしまう。やはり洋服よりも贅沢な買物をしているという意識があるからに違いない。

お店の人が言った。

「このデザイナーは、今、ニューヨークで売り出し中なんですよ」

その時、私の中にある光景がうかんだ。今年（二〇一六年）の春、女友だち三人で出かけたニューヨーク。おしゃれな雑貨で有名なABCカーペット&ホームのウィンドウの中に、私はネックレスを見つけた。

「わー、かわいい」

さっそく見せてもらったところ、思っていたよりも高くない。アンティックだという。東京に帰ってつけたところ、皆に誉められた。

しかし今、私はそのネックレスがどんなものだったか全く思い出せないのである。色も形も。ボケたのだろうか。

いっそのこと、その時一緒にいた中井美穂ちゃんに聞いてみるか、自分のブログを確かめようと思ったぐらいだ。アクセだけではない。私は昨年何を着ていたのかよく憶えていないのである。

今、倉庫会社から冬物が戻ってきている。半年間保管してもらっていたのだ。コートがほとんどであるが、ジャケットとスーツも何着か。それを見ると、

「あぁ、こういうもの着てたのね」

と思うのであるが、それ以外はまるっきり記憶にない。そうしているうちに、クローゼットの奥からばらばら冬物が出てきて、少しずつ思い出していく。それほどたくさんの数を持っていないのに、本当に不思議。

他の人はどうしているのであろうか。

つい先日、大金持ちの知り合いのうちに招待された。外国風に家中を案内してくれたのであるが、驚いたのは靴と洋服のクローゼットであった。靴は玄関の横に小部屋をつくり、そこに収納するようになっている。洋服の数もハンパじゃない。ハンガーにずらーっとかかっている。

私は質問したくなった。

「手持ちの服、全部憶えてますか」

これだけの数があれば、たぶん憶えていないのではないだろうか。色目を見てさっと抜き出すのではないだろうか。

アクセだけではない。友人、知人も同じ。最近忘れた頃に、ぽろぽろとLINEが入るようになった。そお、昔メルアドを交換しているとLINEが入ってくるのである。

全く思い出せない人も何人か。

「久しぶりですね。お元気ですか。またお会いしたいですね」

と言われても、見当がつかない。仕方ないので秘書のハタケヤマに、

「ねぇ、〇〇っていう名字で知り合いいたっけ」

と尋ね、二人で必死に思い出そうとする。すると、以前ちょっと知り合った、どうということもない人だったりする。

先日、仲よしみんなで集っている時、某有名人の女性がつくづく言った。

「私ね、もうLINEの友だちこれ以上増やさなくてもいいと思うようになった。もうさ、貴重な時間なんだからさ、どうっていうことない人たちと、だらだら過ごすのやめようと思ってさ」

私も同感である。

ここのところコートを毎年買っていた。一年に二枚買った年もあった。コートは場所をとる。保管するのにもお金がかかる。クリーニングだって高い。まるっきり着な

かったコートのために、どのくらいのお金と手間がかかったであろうか。コートなんか紺色とキャメル、そしてピーコートかダッフルの三枚あればいい。

友だちだって同じ。ちゃんとつき合える人の数は限られるのだから、丁寧にきちんと仲よくしようと心に決める。

それにしても、ニューヨークで買った私のアクセサリーはどこへいったんだろうか。いったいどんな形をしていたのか。あの時、あんなに気にいっていたものを、こんなにすぐに忘れるなんて、私って……。

〝スワン〟の住む世界

トランプさんが大統領に当選し、世界中がびっくりしている。喜んでいる人はあまりいないだろう。

「あんなオヤジが、大統領でいいのか」

という思いは、一ヶ月以上たつと何だか諦めに変わる。もう仕方ないことだと、私はさみしく日々をおくっている。

しかしそれにしても、あのファーストレディはちょっとねぇ。元有名ファッションモデルなのだから美人なのはあたり前であるが、整形してんじゃないかな。笑うと目が吊り上がってる。前の知性溢れるミシェル・オバマ夫人とはえらい違いだ。

奥さんよりも、長女のイヴァンカさんの方がずっと素敵。百八十センチもあり、モデルもしているそうだが、義理のお母さんよりもずっと知的で現代的である。あんな大金持ちの娘で、しかも美人、頭がいい、と世の中のすべての勝ちカードを手に入れたようなものだろう。今までアメリカのセレブというと、ヒルトン姉妹がすぐ浮かび、「いくらお金があっても、あんなお行儀が悪くて頭がヨワそうじゃ……」と否定的だった人たちも、イヴァンカさんにはイチコロだ。イケメンの夫と可愛い子どもがいるというのもポイントが高い。

ところでヘアサロンで、「婦人画報」というお金持ちのマダム専用の高級女性誌を読んでいた。グラビアをめくっていくと、モノクロのやや古めの写真が出てきたが、そこに登場する女性たちの美しさにびっくりだ。品があってエレガントなのであるが、その雰囲気が女優さんとは違う。ため息が出るほど素敵なのである。

作家トルーマン・カポーティが「スワン」と名づけた上流階級の女性たちだ。戦後から七〇年代初頭にかけて、アメリカの社交界に君臨していた女性たち。美貌はもちろん、知性、気品に溢れ、名家の出身である。当時は今のように世の中がカジュアルではなかったので、彼女たちはきちんと髪を整え、パールのアクセサリーをつけている。アメリカ黄金時代の頃、毎晩のようにパーティーがあり、イヴニングとタキシードの世界があった。初めて「ジェットセッター」という言葉も出たそうだ。

解説によると、当時は新聞に社交欄があり、令嬢や夫人たちの動向を記事にしていたという。着ていたのは「クリスチャン・ディオール」「バレンシアガ」「ジバンシィ」だったんだって。

そうかと思うと、白いショートパンツとキャミのスワンの写真がある。ものすごく可愛い。背景のギリシャ風の円柱がある建物とプールは、フロリダの自分の別荘だって。驚きだ。

こういうスワンに、たとえばどういう女性がいるかというと、リー・ラジウィルといってジャクリーン・ケネディの妹がいる。もともと名家の出身であるが、出版王の息子とか、ポーランドの貴族の末裔とかと結婚している。そお、スワンたちのほとんどは、離婚があたり前。二度三度している。しかもみんな相手が有名人か大富豪なのだ。

そしてスワンたちの多くは、ファッションの仕事に就いている。ヴォーグのライターをしていたり、アルマーニの広報みたいなことをしている。女性の職業が少なかった時代、ファッションというのは魅力に満ちた楽しい仕事だったのだ。今だと金融の仕事でお嬢さまが頑張ったりしているけれども。

イヴァンカさんは、現代の「スワン」になり得るであろうか。私は違うと思う。

一九五〇年代、六〇年代のスワンたちは、やはりどこかで男に依存しているのだ。父や夫の高き名声によって、世の中に出てきている。イヴァンカさんもその一人であるが、彼女はもっと自立している感じ。大金持ちのお父さんを持ちながら、協力はしても、どこか「私は私」と思っている節がある。事業も積極的にしているのも好感が持てる。

かなり小粒になるけれども、現代の「スワン」は、日本に生息しているのではないだろうか。

「25ａｎｓ」を見ていたら、とても綺麗な女性が出てきた。大金持ちのご主人を持ちながら、どうやら自分も会社をやっているようだ。

その方がソファに腰かけていたのであるが、後ろに写っている棚がすごかった。バーキンが五十個ぐらい、ざーっと色別に置いてあるのである。「25ａｎｓ」誌上で、バーキンを見せる女性は多いが、この方の場合はレベルが違う。立派なコレクターであろう。ご本人もスタイルがいいし、お洋服のセンスも素敵。笑顔に清潔感があり、バーキンを見せびらかしても少しもイヤらしくない。

案の定、反響がすごくあったらしく、次の号を見ていたら、

「〇〇さんのこと、もっと教えてください」

という読者のリクエストにより、再び特集が組まれていた。そうそう、「読モ」というのもスワンの新種であろう。世の中の女性たちが憧れ、その人のようになりたいと願う。女は実は美しい女性が大好き。レベルがうんと上だと、嫉妬など起こるはずもない。ただ憧れるのみ。

両手に小顔

昔から顔の大きいのが悩みであったが、この頃ますますひどくなっているような気がする。

先日、久しぶりにテレビに出た。いや、久しぶりというのはあたっていないかもしれない。ゴールデンタイムの番組は出来るだけ避けて、ＢＳとか深夜枠の情報番組になんかはこっそりと出ていた。

なぜかというと派手な番組に出ると、「相変わらずデブ」とか、「顔がデカい」とかいろいろネットに書かれるからである。

中には、

「整形で顔を吊りすぎだろ」とか、「ボトックス打ち過ぎ」とか嬉しいお言葉もあるが、これは有難い誤解というもの。私はなにもお直ししていない……。

今回、人気番組にお声をかけていただき、昨日は一日中ロケをしていた。私が仲よしの女友だちとなじみの店に行くというもの。

中井美穂ちゃんが出てくれることになったが、気がかりはこのところ彼女のダイエットがすごくうまくいっているということだ。めちゃくちゃ小顔のわりには、肉づきのいい美穂ちゃんは、それをカバーするためにいつもふわーっとしたチュニックっぽいものを着ていた。しかしこの頃、見るたびにスマートになっているではないか。

「グルテンフリーです。今、いちばん流行りのダイエットで、あのディーン・フジオカさんでいっきに有名になったんです」

お米は摂ってもいいのだが、小麦類はいっさい摂らないというもの。麦焼酎もダメだそうだ。

「じゃあ、お米はオッケーなんだね」

「そうですよ、その替わりパンや小麦はいっさいNGですよ」

美穂ちゃんはじわじわと痩せている。私もやってみようと思ったのであるが、あまりの忙しさにパニック寸前となり、ダイエットの方へとエネルギーを注げなくなった……。とかいつもの言いわけをしてのらりくらりしていたら、洋服がどんどん入らなくなった。

テレビに出るお洋服がない、ということで買いに出かけた。前日に行くという私は、なんとズボラなんだろう。

プラダに行き、ニットをいろいろ試したのであるが、おニクがぱっちり見えてしまう。

「やっぱりセットアップが無難でしょ。それも黒。痩せて見えるし」

ということで、衿にビーズのいっぱいついたジャケットとスカートを購入。中に黒い大きなリボンがついたニットを着る。かなりのブリブリであるが、可愛い。

途中、美穂ちゃんにLINEする。

「明日のお洋服どうなってる？」

「黒のパンツスーツです」

と言いながらも、

「もしマリコさんとかぶるようなら別のにします」

と気遣ってくれるやさしさ。

「いいの、いいの。同じ黒でも全然違うはずだから」

と私は返した。

そしてロケの当日、外苑前に現れた美穂ちゃんはすっきりと綺麗。

「マリコさん、黒の上下に白のインナー。そして高いヒール。これは痩せて見せるための最強コーデですよ」

白のブラウスはタテにラインが入っているデザインだ。私のインナーには横に長い大きなリボンがついている。小顔効果にはどうであろうか。

やがてロケバスは外苑から河田町へ。ここは昔、美穂ちゃんが勤めていたフジテレビがあったところである。

ここでは美穂ちゃんの後輩・木佐彩子ちゃんが待っていた。美穂ちゃんと並んで、フジを代表する人気アナウンサーであった。今でもものすごく可愛い。中学生のお子さんがいるのに、ピンクのお洋服がとてもよく似合う。

私たち二人を見て、

「テレビに黒い服なんて珍しい」

とちょっとびっくりしていた。ふつうはもっと明るい色を着るんだそうだ。

「そんなこと言ってられないもん」

と私。

「このあいだテレビのトーク番組に、白い着物を着て出たら大失敗。雪だるまみたい、って言われたもの。今日はだから黒にしたんだよ」

何度も会っているけど、あらためて近くで見る木佐さんは、おメメが大きく、お人形さんのような美貌である。お茶目で本当に愛らしい人。

「記念に三人で写メしよう」

とパチリ。

結果はおわかりでしょう。異様に小顔の二人にはさまれ、顔のデカいおばさんがいた。

「いくら仲がよくても、いくら気さくでも、やっぱりあの人たちは美を誇る女子アナだったんだわ……。選び抜かれた美女だったんだ……」

とつくづく隔りを感じた私である。

教訓。モデル、女子アナの方々と写真を撮らないこと。撮る時は一メートル退くこと。皆さんも憶えておいてね。

赤っ恥！ハンガー事件

あけましておめでとうございます
どうかよいお年を

占いによると、私にとってものすごくいい年になるはずの、二〇一七年がスタートした。すべてがうまくまわり始めるそうだ。

昨年はあまりいいことがなかった。いろんなトラブルがいちどきに起こり、パニックになりそうであった。

そんな私の慰めといえば、そう、おしゃれと観劇である。おしゃれの方は、肥満に年内ラストスパートがかかったという感じでいろいろ無念なことが。どんどん顔が丸くなっていくのがわかる。

私は週刊誌に対談のページを持っているのであるが、ある時から写真が変わった。

ものすごいデブのおばちゃんとして写っているのだ。それを、

「カメラマン変えた？　どうしてこんなにひどい写りなの？」

とカメラマンのせいにした私はサイテーである。サイテーといえば、こんなことが。

暮れのある日、私は歌舞伎座に出かけた。私の大好きな獅童さんの「あらしのように」が、東京で初めて舞台にかかることになったのだ。

何を着ていこうかな、と私は考えた。春に買ったジル　サンダーのワンピに、カーディガンを羽織ろうかしら。ところがたった半年の間に、ジッパーがぴくりともしなくなっていた。こういうの私は慣れてる。上に着ちゃえばへっちゃら、と思ったのであるが、途中までならともかく、全開のジッパーというのはカーディガンの背中にひびくのだ。諦めよう。

それならばとすべてイチから考え直し、あれこれコーディネイト。昔買ったプラダのグレイのカシミアニットに、セリーヌの紺のジャンパースカートを組み合わせた。それに白のカーディガンを羽織り、長いパールをかける。

コートは何にしようかしら。

私は玄関の傍のコートラックをくるくる回す。この回転式のラックは通販で買ったもの。三百枚かけられるというのが売り物だ。私はクリーニングから戻ったものも、

ふだん着ているものも、ぎっしりここにかけてる。この私のだらしなさが、後の悲劇を生むわけであるが……。

コートはダウンにしようと思ったが、暖かい日だったので、黒と白のざっくり織ったコートにした。ノーカラーでとてもかわいい。これは先日、ドルガバのバーゲンで買ったものだ。シューズはこのあいだＮＹで買ったシャネルのフラット。布で出来てて履きやすいったらありゃしない。

クラシックな形のコートに、パールがよく似合ってなかなかのコーデではないかと思う。私は小さなバッグを持って駅まで歩く。途中、知り合いに会ってご挨拶。

そして地下鉄を乗り換え、東銀座の駅へ。ここはマガジンハウスの社屋もあるところ。だから誰かが近づいてきて、

「ちょっと、ちょっとォ」

と肩を叩かれた時、てっきり知り合いだとばかり思っていた。が、全く知らない女性で、手になぜかハンガーを持っている。

「コートにハンガーがひっかかってましたよ」

頭をガーンと殴られたような衝撃。

あの回転ラックでひっかかったのを、平気で銀座まで着てきたのだ！

今まで私は、スカートの裾をパンツにはさんだり、ジッパーを閉め忘れたり、恥ずかしいことをいっぱいしてきた。カーディガンを裏返しに着るということはしょっちゅうだ。しかしハンガーをひっかけたままメトロに乗っていたとは……。私はちょうどやってくる電車に、身を投げたくなるぐらい恥ずかしかった。落ち込んだ。ブランドずくめのおばさんが、こんなみっともないことを。

歌舞伎座で待ち合わせた友人にこのことを話したら、

「そんなこと起こるわけないよ」

ときっぱり。信じてくれないのだ。

「ふつうハンガーひっかけてたら気づくはずだよ。誰かにイタズラされたんじゃないの」

「いや、あの黒いハンガー、駅のくず箱にすぐに捨てたけど、ふだんうちで使っているやつ。だけどさあ、まあ、クリーニングの青いハンガーじゃなかっただけよかったよ」

と言ったらなぜか大ウケ。

「本当におかしいんだから」

と笑われた。笑うことであろうか？

私は傷ついた。この傷ついた心をどうしたらいいだろうか。歌舞伎の後、私は銀座のシャネルへ出かけた。お洋服は買えないけれども、靴だったら買える。実はNYで買ったこの靴、あまりにも歩きやすくてこればかり履いてる。おかげでものすごく拡がって、まるでコッペパンみたいになっている。同じタイプをもう一足買ってもいいと思ったのだ。同じものはなくて、クルーズラインの靴を一足買い、私の心はいくらか明るくなった。

そして銀座のデパ地下で、チョコレートと甘酒を買った。チョコは友人へのプレゼント、甘酒は自分のためである。このあいだテレビで見たのだけれど、「甘酒は飲むサプリメント」。二週間続けて飲むと、肌がピカピカになるんだそうだ。

しかし無糖とはいえ、米こうじの甘酒はすっごく甘い。カロリーがたっぷり。肌がキレイになるのと痩せるのと、どっちを優先すべきだろうか。そんなことをずうっと考えているうち年は暮れた。今年はもっと前向きに生きたいものである。ハンガーメトロ事件は、どうしても忘れられない。

いい湯で反省！

昨年（二〇一六年）は本当によく働いた。

いや、昨年も、と言った方がいいかもしれない。

毎日毎日原稿を書き、対談をし、インタビューに答え、そして夜は楽しくご飯にお酒。朝は六時に起きて、娘のお弁当をつくり犬の散歩をして……という生活がずうっと続いた。

そして心から、

「あぁ、温泉に行きたい」

と願うようになった。

きっかけはアパレル関係に勤める若い友人だ。

「最近温泉にハマっちゃって、カノジョと一緒によく行くんですよ」

このあいだは私の故郷、山梨にドライブがてら行ったそうだ。

「〝ほったらかし温泉〟っていうとこに入ってきました」

〝ほったらかし温泉〟というのは、私の実家から車で十五分ほどのところにある。小さな山のてっぺんに、素朴な本当に何もない露天風呂があり、最近とても人気が高い。お風呂から甲府盆地をひと目で見渡すことが出来るからだ。

そうかぁ、やっぱり温泉いいなぁ。どこかに行ってみよう、といろいろ検索してみた。

私のお気に入りは、なんといっても湯布院温泉の玉の湯であるが、大分にある。このあいだは佐賀県で、ものすごくデラックスな温泉旅館に泊まった。庭が広くて、かなり遠くに東屋がある。それが脱衣場と露天風呂なのだ。個人の！　が、どちらも九州だから、やはり遠い。

「となると、箱根かなぁ……」

新宿からロマンスカーで湯本まですぐ。しかしあそこの旅館はピンキリである。ピンは「強羅花壇」だろう。昔一度だけ泊まったことがある。友人の建築家がここを設

計していて、

「自信作だから行ってみて」

と勧めてくれたのだ。お料理もおいしくてよかったなぁ……。しかし予約状況をみると年末年始満室である。みんなお金あるんだねー。

そういえば、箱根に〝超高級ラブホ〟とでも言いたいような高級旅館があったっけ。なんとベッドの横に広ーい風呂があるのだ。お部屋によっては、テラスに露天風呂がある。このタイプの部屋の隣りに泊まった友人に言わせると、夜遅くまでいちゃつく男女の声が聞こえたそうである。

しかも私たちが泊まったすぐ後、某スターと女性歌手がこの旅館に泊まったとスクープされた。一度は恋人と行きたい旅館らしい。

と、あれこれ思い出したり考えたりしたのであるが、結局いきついたのが、わが故郷山梨の石和温泉。実家に寄るついでに、一泊することにした。

正直言って石和温泉の評価はそう高くない。いのだ。

昭和三十年代のこと、葡萄園から突然温泉が湧いたのだ。みんな大騒ぎ。その頃の写真を見るとびっくりだ。葡萄棚の下、穴を掘って裸のおじいさん、おばあさんがぎっしりつかってる。新しく出来た温泉マークなんてもんじゃない。ぎゅうぎゅう詰め。

やがて屋根が出来、建物が出来、温泉街が出来上がったのであるが、私が高校生の頃は近寄ってはいけないところとされていた。ストリップ劇場がやたらあって、風紀があまりよくなかったからだ。

が、この石和温泉、東京からとても近い。新宿から急行で一時間半ぐらいで到着。箱根や熱海よりもずっと近いと、バブルの頃はとても人気があった。東京からどっとお客さんが来たのだ。石原軍団の忘年会も毎年ここでやっていたっけ。今もそれなりにお客は来る。

しかしはっきり言って、サービスとセンスはイマイチだと思う。名旅館といわれるところがほとんどないのが、出身者としては淋しいところ。

今回はそれなりのところを選び、

「露天風呂つきのいいお部屋」

をお願いした。が、値段はとてもリーズナブル。他の有名旅館なんかとは比べものにならないぐらいだ。

そしてお部屋に入ったらちょっとがっかり。きっちりツインベッドが置かれているただのお部屋。手前に二畳ほどの畳敷があるのもチープな感じ。

「あの、露天風呂は……」

「お庭にありますよ」

お庭といっても、塀との間の狭い空間。そこに小さな露天風呂があった。とにかく入りましょ。あぁ、なんていいお湯だろう。温度もほどほどで、すごくいいお湯！　私は少し贅沢に慣れ過ぎていると反省した。

夜はなかなかのお料理を食べ、甲州ワインを飲み、浴衣でだらだらテレビを見て熟睡。

翌朝鏡を見たら、肌がまるっきり違っていた。温泉ってやっぱりすごいと実感した。そしてふと思う。

カレと行く温泉もいいが、いろんなことあるし、気を遣うしでよく眠れないはず。温泉行くのは夫婦になってからの方がいいのではないでしょうか。

孤独な闘い

バーゲンというのは不思議だ。

昨日までお店に並んでいたものが、次の日から突然半額になる。だったらもっと安くしてほしいという感じだ。

シーズンの初めにプロパーで買ったものが、黄色や赤の値札をつけられているのを見ると、人はどんな気分になるのであろうか。

「もうちょっと待っていればよかった！」

と口惜し涙にくれるのがふつうの人ではなかろうか。うんとおしゃれな友人は、

「ワンシーズン、楽しんで着たんだからそれでいいじゃないの」と言うが、心は晴れ

ない。

つい最近のこと、銀座の某高級ブランド店でお買物をした。その時お店の人から、

「うちで登録してくださってますか」

と聞かれた。私は過去にカードを書いたことがあると答えたが、それはもうなくなってしまったようだ。

「再度お名前、登録させてください」

と言ってくれたが、DMが来たりするのはめんどうくさいような。丁寧にお断りする。

帰り道、一緒に行った友人がこんなことを教えてくれた。

「あそこってね、こっそりバーゲンするんだよ」

「えー、ウソ！」

思わず叫ぶ私。そのブランドは値段だけでなく、すべてがお高くて、バーゲンなんて聞いたことがない。

「ほら、◯◯ちゃんは、時々バーゲンで買うって言ってたじゃん」

◯◯ちゃんというのは、まだ若い女社長。すごくおしゃれでお金持ちだ。

「お得意さまにだけ、バーゲン教えてくれるのよ」

「えー、私も名前登録すればよかったかな」

「あのさ、ニット一枚買ったくらいじゃ、バーゲン教えてくれないよ」

とせせら笑われた。○○ちゃんぐらい多額に買わないとダメみたいだ。

バーゲンって、こんなに格差あるの知ってましたか？

ところで今日、私がよく行くお店からバーゲンのお知らせが。

「靴が半額になりますよ」

靴は私にとって消耗品。この体重を支えてくれるためであろうか、底がすぐ減ってしまう。修理にしょっちゅう出してはいるのだが、すぐボロくなってしまう。ラクチンな拡がった同じ靴ばかり履くせいだ。

そんなわけでさっそく行って、何足か買ってきた。ついでにジャケットもパンツも……。頭の中で、

「ついこのあいだまで二倍してたんだから」という言葉がリフレインしていくのである。

最近、私は例によってダイエットを始めた。冬の間にジムをさぼり、お酒やご飯を無制限にとっていたら、あっという間に洋服が入らなくなったのである。ファスナーが全く上がらないという事態に何度も陥った。

秘書のハタケヤマが呆れて言う。

「ハヤシさん、これ、本当に入って買ったんですか？　試着したんですか？」

「したわよ、ちゃんと。三ヶ月前までは入ったのよ」

こんなやりとりがあり、流行りの「つくり置きダイエット」の本を買った。原理は簡単で、ご飯にパンにうどん、そして甘いものを避け、お酒はビールをやめて焼酎を飲んでいればいいのだ。

これを一ヶ月続けていたら、ちょっぴり体重が落ちてきた。すごくいい気分になってきた時に届いたのが、バーゲンのお知らせだったのである。

ジャケット、パンツを買ったのはお話しした。次に挑戦したのは、英国風グレンチェックのワンピである。黒い衿がとても可愛い。

ファスナーを下げ、肩を入れ、袖を通す。この時にすごくイヤな予感が。そう、きつ過ぎてうまく袖が通らないのだ。それならば途中でやめておけばいいのに、女のあさはかさ。

「袖を通せばなんとかなるんじゃないか」という幻想を捨てられない。

それゆえつっかえる。凧《たこ》のやっこさんみたいに、頭がつっかえてばたばたあがく。

「ハヤシさん、いかがですか？」

ショップの人が声をかけてくれて、返事をしようとしているのであるが、私はいま頭ごと布の中。

「助けて。ひっぱって！」

と言うべきなのであろうか。が、こんなぶざまな姿を、いくら何でも見せられない。ババシャツごとひっかかってるのである。

「ちょっと、待って」

布から顔がやっと出た。そしてそろそろと脱ぐ。途中で破けたらどうしようかと気が気ではない。

そして着たものを差し出し、

「ごめんなさい。やっぱり小さかった」

と謝る時の恥ずかしさ、哀しさ。

試着室の中ではみんな孤独、みんなつらい思いを多々しているのではなかろうか。いや、中には、カレシを呼び込む人もいるらしい。信じられない話だ。他にも自信がある女性は、パシッとドアやカーテンを開ける。あの音って、「さぁ、どうだ」って感じで、羨ましいです……。

喜ばせたい、
笑わせたい
hijo wa tenka no mawarimono

自力で買うもん

ふと思った。

西原理恵子さんとさかもと未明さんには、いろいろ共通点がある。

どちらも漫画家、どちらも美人。そしてどちらもお金持ちのお医者さんの夫、もしくは愛人を持っていることだ。二人とも、それぞれのパートナーに深く愛され、ものすごく大事にされている。

西原さんが高須院長との日々を綴った『ダーリンは70歳』は、ものすごく面白いコミックだ。高須院長と西原さんは、二人で世界中いろんなところを旅して、お金をばらまいている。西原さんは「アジアの整形王」と呼ばれる高須院長を、ある時は意地悪く茶化したりするのであるが、それも愛情あってのこと。

彼女が怒って拗《す》ねたりすると、高須院長はこうおっしゃるそうだ。

「何がいけないのか教えてくれる？　そして仲直りしようよ。僕には時間がないんだから」

いい言葉である。

西原さんは超売れっ子だし、経済的にも精神的にも完全に自立している。時間をつくって高須院長といろいろなところを旅行し、徹底的に人生を楽しもうとする。理想的な大人の恋愛ライフだ。

そしてこのあいだ、さかもと未明ちゃんから新刊を送ってもらって驚いた。

「こんなことって本当にあるんだろうか!?」

未明ちゃんは子どもの頃からアスペルガー症候群の傾向がある。あまりうまく人間関係を結べないそうだ。確かにちょっとハイテンションなところがあるかも。

彼女は子どもの頃から、どうしてこんなにいじめられるのか、どうしてスポーツやお遊戯など、ふつうの人が出来ることが出来ないんだろうとずっと悩んでいたそうである。最初の結婚もうまくいかず、親との関係で苦しんだ。しかも難病にかかって、本業の漫画も描けなくなり、テレビの仕事もすべて降りたそうだ。絶体絶命。その時一人の医師が現れ、奥さんも子どもも捨てて彼女と結婚してくれた。

未明ちゃんのゴミ屋敷にも、昼まで寝ていても怒らない。

「もうたまんない。かわいくて仕方ない」

と猫っかわいがりしてくれる。お風呂に一緒に入り、体と髪を洗ってくれ、パンツも洗ってくれる。病気のために便秘気味の彼女のためにカンチョーまでしてくれるそうだ。

それどころか、ここが肝心なのであるが、

「買物して元気を出しなさい」

とクレジットカードを渡してくれた。未明ちゃんはそのカードを使い、なんと二ヶ月で六百万お買物したそうである。

「私のようにアスペルガーで難病でも、こんなに幸せになりますよ」

と漫画は結んであるが、ふざけんな、という感じである。

私は本人にもはっきり言いましたよ。

「ちょっとさぁ、あんな旦那さまを手に入れるなんて、宝クジあたったみたいなもんでしょ。あなたのあの本読んだら、みんな腹が立つよ。あの本、売れないよ、きっと」

そうしたら彼女は澄ました顔で、

「えー、売れてますよォ。もう重版かかりましたから」

だって。そのうえ、

「えーと、今主人が車で迎えに来てくれましたから失礼」

と立ち上がった。いつでもどんな時でも迎えに来てくれるアッシー（古いな）にして、究極のミツグ君（これも古いな）。羨ましい、っていうよりも嫉《ねた》ましい。

今日も私は夫とケンカをし、「バカヤロー」と怒鳴られた。私のようにやさしくて尽くす女には、うんとえばりんぼの気難しい男がくっつき、こんなに苦労させられている。世の中には、未明ちゃんの夫のように、何でもOKのお金持ちがいるというのに……。

クレジットカードで使いたい放題だって。それならば私だって使ってやろうではないか。自力で買うよ、好きなもんをさ。

なぜか未明ちゃんの本に刺激された私は、買物に精出すようになったのである。ところで話は全然変わるようであるが、洋服を大切にしない私は、よく洋服に裏切られる。突然行方不明になるのだ。それも大好きなものに限って。

七年前、香港買物ツアーに出かけた私は、ドルガバのライダースを買った。黒革のとても素敵なやつ。着ると皆に誉められた。なのにどこかへいってしまった。クローゼットはもちろん、家中いろんなところを探したが、どこにもない。外に忘れたのだろうか。口惜しくて仕方ない。あまりにも無念で新しいライダースを買う気になれなかった。

しかし先週、ついふらふらと表参道のセリーヌへ行き、新作のライダースを買ってしまったのである。すっごく高かった。

どうしてそんな気持ちになったのか。そお、私には医者の夫もいない。何か買ってくれる人は誰もいない。もー、こーなったらとことん買ってやろうじゃないかという気分ですね。バカですね……。

寝正月を経て

今年の私の年賀状、受け取った方いらっしゃるでしょうか。

私はファンレターをくださった方や、サイン会に来てくれた人にも年賀状を出すようにしている。そんなにたいした数ではないので、真心込めてちゃんと出してますよ、ホント。

今年の私の年賀状は、なかなか評判がよかった。伯爵夫人のコスチュームに身をつつんだ私の写真である。

この伯爵夫人については以前お話ししたはず。エンジン01という文化人の団体が、二月に水戸でシンポジウムを開催することとなった。そのためのポスターに、三人の

女性会員が伯爵夫人となって出たのである。

世界的アートディレクター浅葉克己さんに、

「どうして伯爵夫人なんですか」

と尋ねたところ、

「そういう小説を読んだばっかりだから」

という返事。そう、「伯爵夫人」という元東大総長の書いた小説がベストセラーになっていたのである。

私の外には今回大会委員長になっている、中丸三千繪さんと池坊美佳ちゃん。美佳ちゃんは誰もが認める美女で池坊流のお姫さま。中丸さんは日本が誇るプリマドンナである。この方たちのためには、ウエストをキュッとしぼったヴィクトリア調のドレスが用意された。しかし私のドレスは、だぼっとした中世のドレスですよ。

「年代が違うでしょ」

と腹が立ったが、もともとウエストなんかない体型なんだから仕方ない。

が、写真はさすがに綺麗に撮れていて、それをさっそく年賀状に使わせてもらったのである。

「とてもキレイでした」

「本当に伯爵夫人っていう感じ」

といら、あきらかにお世辞とわかる返事がぱらぱら届いた。それを読む私は、食っちゃ寝食っちゃ寝のお正月。お腹にどんどんお肉がついているのがわかる。

実はもう諦めかけたのが昨年の秋のこと。テレビを見ていれば、ふくよか女性お笑いタレントがいっぱい出ている。みんな可愛くて人気者である。何よりもイキイキとしていて楽しそう。

「そうだわ、私ももうデブキャラでいこう」

と突然思った。ダイエットしてもこの頃はちっとも痩せなくなった。もともと運動は大っ嫌い。寝っころがって豆菓子食べながら、本読んでるかテレビ見ているのがいちばん幸せな私が、所詮痩せるなんて無理なのよ。そーよ、もうこのトシになったら、デブのままでもいーんじゃないの？

松坂慶子さんなんか、若い時よりもずっとふっくらしているが……相変わらず美しいし、大女優のオーラがある。

「昔よりもずっと魅力的」

と言う男性もいるぐらいだ。そりゃあ、松坂さんと一緒にしちゃ失礼であるが、私ももうふっくらキャラにしてもいいんじゃないかしら……。

そして気を緩め始めた。今まで抜いていたご飯やパスタ、甘いものもガンガン食べるようになった。怖くて体重計にはのらない。その報いが、テレビの私の顔である。久しぶりにテレビ出演するのに、体も心もひき締めようとしなかった。

「黒い服を着て誤魔化せばへっちゃら」

と思っていた私はなんというおバカさん。

皆に言われた。

「隣りの中井美穂ちゃんの、顔の大きさの二倍あった」

「また太ったね」

私は途中でとても見られず、チャンネル変えちゃいましたよ。どんなに太っていても、どんなにブサイクでも、テレビに出続けている女芸人さんというのは画面慣れしている。やっぱり魅力に溢れて可愛いのだ。

私みたいにたまに出る人は、ちゃんとシェイプアップしないといけない、ということがよーくわかりました。本当にすみませんでした。

デブになると心がどんどんすさんでくる。おっかないのは、洋服が入らなくなってくるということだ。このあいだもお気に入りのワンピを着て出かけようとしたのに、ファスナーがまるで上がらないのである。

それでも「正月明けから頑張ろう」とまだ腰を上げなかった私。

そお、ずっとだらだら過ごした正月休み二週間。

ついに夫が口を開いた。ふだん私のことにまるで注意をはらわなかった男が、

「ちょっと、その髪、ひどいんじゃないの」

ヘアサロンにまるで行かず、自分でシャンプーした髪を自然乾燥させたからパッサパサ。同じセーターを五日着ているから、食べこぼしがいっぱい。そして驚くべきことに、太ったのとあまりにも心が弛緩した結果、目がひと重になっていたのである。ホント。

体重計にのったのが五日前。気持ちを落ち着けるのに時間がかかった。なんと伯爵夫人に扮した十一月から四キロ太っていたのである。そして私はジムへ急いだ。今、パーソナルトレーニングのレッスンが終わったところ。今年は心を入れ替えます……なんてことをもう何回言ったか。

驚かせたい！

どうでもいいことに、ものすごいエネルギーとありったけの知恵を遣う人間がいる。

私はそのタイプだ。

毎年十二月になると、私は年賀状のデザインに頭を悩ます。皆にうんと喜んでもらえる写真をと考えた結果、

「その年、いちばん派手な私」

の写真を使うことにした。

海外に出かけたり、コスプレしたりしている私。あるいは有名人と一緒に写っている私。

おととし、山梨出身でノーベル賞を受賞された大村智博士と対談した。元旦に出る山梨日日新聞の特集である。

その時私はひらめいた。

「この写真を年賀状に使っちゃおう」

そのためにわざわざ着物を着て、山梨まで出かけたのである。

もちろん博士に許可を取り、山梨日日新聞からはちゃっかりネガをもらい、年賀状は完成した。おかげで昨年の年賀状は、

「ノーベル賞の人と一緒ですごい」

と皆に驚かれたものである。

そして今年は、エンジン01水戸大会のポスター用の写真を使わせてもらった。

「みとれる水戸」

というキャッチフレーズのもと、三人の女性会員が伯爵夫人に扮したことは、何度もお話しした。なぜだかこの時、私はわりと痩せていてお気に入りの写真だ。これを使った年賀状はとても好評で、

「伯爵夫人、ぴったりですね」

などとお世辞たらたらの返事もいっぱい。いきつけのバーのオーナーからは、

「伯爵夫人をイメージしたカクテルを考えておきますね」

だって。

そして水戸大会のアトラクションで、私はピコ太郎に扮することになった。演出の秋元康さんの指名である。

「マリコさんが、ヒゲ描いて踊ったら面白いと思うよ」

というひと言からだ。

こういう時私は、

「タカがお遊び」

とは決して思わない。ユーチューブをテレビに接続して何度も何度も見ている。ピコ太郎の体のしなやかさをマスターしようと必死だ。

人を喜ばせたい。笑わせたい。驚かせたい。

この三つの願望で私はずっと生きてきたような気がする。

何が嬉しいといっても、誰も知らないような話（主に誰と誰がデキてる、という話ですね）をして、皆が、

「ウッソー！　知らなかった」

と驚愕してくれる時、私は快感に震えるのである。

さて、もうじき高校を卒業する娘が言った。

「お弁当、あと三日なんだから、なんか驚くようなものをつくって」

こういう時、ものすごく張り切る私。今までごくふつうのお弁当しかつくってこなかったが、キャラ弁に挑戦することにした。

まずは娘の顔をかたどったお弁当を作成することに。薄焼き卵を顔にしようとフライパンで焼いたが、どうもうまくいかない。焦げめがついてしまうのだ。

弱火でものすごーく慎重に焼いて、マットな黄色をつくることが出来た。これに海苔で髪と目をつけ、プチトマトで唇をつくった。しかしいまひとつインパクトに欠ける。

キャラ弁に凝っているママは、ピンセットまで使って、ものすごく精緻なものをつくるらしい。が、私にはそんな時間がない。あたりを見わたすと、「あたしンち」のコミック本が。皆が私にそっくり、というお母さんのイラストが表紙になっている。これをキャラ弁にしようと思いつく。薄紙がなかったので便箋を持ってきて、表紙の上に置く。そして顔のイラストを写し取った。丸型のお弁当箱にご飯を盛り、〝お母さん〟の顔の形にカットした卵の薄焼きをのせて整える。目はスライスチーズと海苔で、〝お母さん〟の特徴である大きな口は、オレンジ色のパプリカを茹でてのっけた。

初めてなのになかなかいい。

すごい、すごい。

「おーし、やってやろうじゃないか」

どうせやるなら、うんと面白いものをつくってやろうと次第に燃えてきた。

そして最後の日、お弁当箱のふたを開けた娘が「おおっ！」と驚愕するようなものをつくりたい。私はあれこれ考え、Ｋ－ＰＯＰに材をとることにした。娘が大ファンであるＥＸＯ《エクソ》のキャラ弁にしよう。しかしいったいどうすればいいのか。私は娘の部屋にしのび込み、ウチワを持ってきた。彼女がコンサート用に作ったものだ。金の貼り紙でメンバーの名前が描かれている。このハングルを海苔でつくり上げ、白いご飯の上に。おかずはキムチと肉炒めにしようと思ったが、においがあるので急きょチヂミにした。ちょっとすごいぞ、この韓国弁当。

私はこういうことに命をかける。

コーデの決め手に

先日、銀座の超高級フレンチに、ご招待があった。

何を着ていくかで四十分以上悩みに悩んだ。コーディネイトを考えていたからではない。

暮れからぐんぐん太り続け、着ていくものがなくなったのである。まるで悪夢のような状態に、私は茫然と立ちすくむ。

スカートに合うジャケットを着ようと思うと、前がちゃんととめられない。トランプ新大統領のように、前ボタンを閉められない状態になる。それではフィットするジャケットを、と着替えると今度はスカートが入らない。ファスナーが半分もいかない。

昨年（二〇一六年）の春に買ったノースリーブのワンピは、こんな時にぴったりなのであるが、ファスナーが上がらなくなってしまった。いや、上がらないなんてもんじゃない。V字にぱっくり開いたまま、ウンともスンとも動かないのである。

この原因はジム通いをやめ、パクパク食べ続けたことであろう。

先日、ある会食の席でダイエットの話題となり、おジイさんが言った。初対面なのにエラそうに、

「ハヤシさんは、もう痩せることないんじゃないの」

これはもちろん、痩せる必要がない、という意味ではない。

「さんざんやってダメなんでしょ。もうトシなんだから無駄なことやめたら」

という意味なのだ。

私はムッとして答えた。

「ありますよ」

「えー、そうなの？」

「洋服が着られなくなります」

これは本音である。

昨日と同じものを着る分にはいい。私はこの頃そうしている。二日同じものを着て

も少しも恥ずかしくない。そのコーディネイトを気に入ったら、次の日も同じ格好をしていってもいいとスタイリストさんが本に書いてた。

甘いピンクのインナーに、プラダの黒のスーツというのは、私の鉄板コーデである。ただし同じ人に会わなければ。

レストランのメンバーの顔を思いうかべた。何と五人のうち四人までが、四日前に同じパーティーで会った。その黒いスーツを着ている時に。

そんなわけで黒いスーツを取りやめ、グレイのスーツにすることにした。が、ここで問題が。インナーに着たい薄い黒いニットが、クリーニングから戻ってきて行方不明。一生懸命ウォークインクローゼットの中をはいずりまわって探したが、ついに発見出来ず。涙が出てきそうになった。

「デブのうえにだらしない私ってサイテー。もう洋服だの、おしゃれだのと語る資格はないわよ」

そのレストランの次の日、あるファッション誌の女性編集長が打ち合わせにやってきた。久しぶりに会ったら、見違えるようにスリムになっていた。もともと背が高い人なので、すごくカッコいい。流行の細いプリーツロングスカートもぴったりだ。

「ハヤシさん、痩せるには恥をかかなくてはいけませんよ」

持ってきた最新号を広げて見せてくれた。すると巻末に、編集長自らがダイエット企画に出ている。レオタードで写っているではないか。

前の体重は六十キロ台だ……。

「読者に嗤《わら》われたっていいんですよ。みんなが痩せる気になってくれれば嬉しいし」

自費でライザップに通っているそうだ。今どき珍しく売り上げを伸ばしているそのファッション誌は、四十代が読者だ。ものすごくおしゃれにお金をかける層だそうだ。その雑誌のコンセプトは、「上質」「シンプル」。私も大好きなコーディネイトばかり。白いシャツにデニム、ジャケットにタイトなボトムス、という春の装いがずらり。

「私、こういうの好きだわ〜」

「だけどね、ハヤシさん、最近ちょっと方向を変えようかと思ってるんですよ」

シンプルでこんなに素敵なのは、モデルさんが着ているからでしょ。ふつうの四十代が同じ格好をしたら、タダの地味おばさんじゃないの、と多くの読者が気づいたというのである。

「ですから、コーデのどこかにプリントを取り入れたりって考えてるんですよね」

「そういえば、別の雑誌にこんなことが載ってたよ」

コーデもままならない私が、いっぱしのファッション談議。

「コートの前開けて、そこにストール垂らすってワンパターン。新しい着こなしとしてロングジレを組み合わせて、前を見せるっていうコーデを見たわ。でもそのために、ロングジレを買うのもどうよって……」

「そうですよねー。ストールでもいいかも」

そして帰りしなに、彼女はぐるぐると長いストールを巻きつける。これこそ私の憧れる業界巻き。テクと慣れがないと上手に出来ない。同じ巻くのでもすごく素敵。不思議なほど違いが出る。それには長い首も必要。やはり痩せた人は強い！

伸《の》るか反《そ》るか、女の人生

小説の取材で、東南アジアのとある都市に行ってきた。あの中瀬ゆかりさんと一緒だ。

彼女との海外取材はこれで三回めであるが、今回驚いたことが二つある。

一つめは、彼女の英語力が著しく上がったこと。もちろん私よりもはるかにうまいのであるが、数年前はちょっとたどたどしいところもあった。

私が、

「ちょっとォ、あなたさ、確か英文科出てるんじゃなかったっけ」

とからかったら、

バクチってふつう
こんくらいしますよ
フフッ…

「私はシェイクスピア専攻だったんで、現代の英語は喋れないんです」

と返された。その中瀬さんが今回はペーラペラ。「スピードラーニング」を途中で挫折した私とは、えらい違いである。

「どうしたの」

「今、週に一度、アメリカ人に来てもらってレッスン受けてるんです。こうすると逃げられなくていいですよ」

私もこれをやってみようかと考えた。いや、大昔、やっぱりうちに来てもらっていたが、そのうちになんだかんだ理由をつけてキャンセルばかりするようになっていったっけ。

そして二つめが、中瀬さんが本当に食べないこと。

私は早寝早起きが習慣となっているので、六時には目が覚めてしまう。海外の朝食ビュッフェは、種類があって本当に楽しみ。朝粥から始まって、ハム、サーモン、フルーツ、エッグタルトも食べた。が、中瀬さんはいつも朝食を食べないんだそうだ。そんなわけで、私一人だけもりもり食べる。そしてランチも中瀬さんはほんのちょっぴり。

「アフタヌーン・ティーもしたいな」

と言う私に、

「ハヤシさん、夕飯食べられなくなるから我慢しましょう」

と注意してくれるのも彼女。

「言いたいことはわかってますよ。それなのにどうしてこの体型かって言いたいんでしょ。それはね、夕飯にガバガバ食べて、酒を飲むからですよ」

まぁ、私もお酒をすごく飲むし食べる。違うところは私はそのままホテルに帰り、中瀬さんは現地の男性たちとカジノに行くことだ。私が疲れ果てて眠っている時に、中瀬さんはルーレットやカードをやっているらしい。

私はギャンブルはしないことに決めている。父親が麻雀や競馬が大好きだったからだ。すると楽しいのはわかっているが、のめり込む体質の私は、もし始めたら大変なことになる。

四年前、ラスベガスに行った時も、スロットをちょっとやったぐらい。

次の日の朝、私は中瀬さんに尋ねた。

「昨日、どうだった？」

「いやぁ、ボロ負けでしたよ」

そして三日めの最後の夜、夕食を終えた中瀬さんは言った。

「ハヤシさん、私、やっぱりこれからカジノ行ってもいいですかね。昨日の負けを取り戻したいんで」

「もちろん、どうぞ」

私はホテルに帰る途中にある、巨大なカジノで彼女を降ろした。この日、中瀬さんはちょっと勝ったらしい。勝った、というのはどのくらいのことを言うんだろう。

「いやぁ、お金持ちは個室ですごい金額賭けてますけど、私ら庶民はせいぜいバカラですから、勝ったってたいしたことありませんよ」

しかし空港で日本円に替えるところを見たらすごかった。十数万円をパラパラと私の前で数えた。私の考えてた、一万、二万のバクチじゃなかった！

でも中瀬さんのような人は珍しいかも。私を含めて女はギャンブルがそう好きではない。興味も持っていない、というのが正しいのかもしれない。それは私がよく言うとおり、結婚という大ギャンブルが待っているからだ。

私は女は絶対に働かなければいけないと思っている。男に食べさせてもらう人生なんて、本当につまらないと声を大にして言ってきた。が、それは所詮サラリーマンレベルの話である。

えらい人の奥さんや、大富豪の奥さん（それも下品の成り上がりではない、代々のお金持ち）を見ていると、つくづくいいなー、とため息が出る。世の中には不労所得が、年に十億ある、などという人がいっぱいいるのだ。もちろん地味に暮らす奥さんもいるだろうが、その地味というのも、お金持ちのそれは余裕があるもの、好きでやっているもの。

ご主人の名前を知るや、たいていの人が、

「ハー、失礼しました」

なんて頭を下げる。

「やですわ。主人は主人、私は私ですもの」

なんて言っちゃう人生、なんて楽しかろう。

私の仲よしは、田舎から上京し大学生時代に女子高生の家庭教師をした。そこは誰でも知っている、某大企業オーナーのおうち。やがて彼女は教え子のお兄ちゃまと恋に落ち、そのまま嫁になっている。仕事に疲れている時、彼女のことを考えると、ふっとすべて空しくなる私です。

抜け出さなくては

一月スタートのドラマは、どれもイマイチだ。秋ドラマはご存知「逃げ恥」とか「校閲ガール」といったヒット、話題作が多かったのに……。

「東京タラレバ娘」を筆頭に、女子会ばかりしているドラマがやたら多い。まるで都会の女性たちは、毎晩女子会でクダを巻いているようではないか。

が、実際いろんなところで女子会は目にする。高級居酒屋でも目撃するし、ダイニングと名前のついたレストランでも。

いかにも会社の同僚で来ています、という感じもあるが、中には、「この人たちは、いったいどういう関係なのか」

と興味しんしんの場合もある。みんながやたらキレイで、おしゃれなのである。

ついこのあいだ、代々木上原のレストランで、女性四人で食事をした。こちらは女子会というには、あまりにもトウが立ち過ぎているご近所のお友だち。

すると隣のテーブル六人が気になって仕方ない。年の頃なら三十代はじめ、〝ママ友〟という感じでもなくて、とにかくみんな素敵なものを着ている。ご近所だからと、気を抜いている私たちはちょっと恥ずかしい。

そのうちトイレに立った一人が、

「ハヤシマリコさんですよね」

と話しかけてくれた。そう、こういう風に声をかけてくれれば、謎をとくきっかけが出来るというものだ。

「みなさん、今日はどういう集まりなんですか」

とすぐ聞いたところ、

「女子大の仲間です」

とのこと。さすがに女子大の名前は聞けなかったが、きっとお嬢さま学校であろう。

そういえばかなり前に、男の人たちに混じってモンゴル旅行をしたことがある。ウランバートルにもしゃれたクラブはあり、そこで女の子たちが集まっていた。どうやら誕生会らしく、シャンパンを抜いたりしている。そのクラブは外国人向きの高いところであるが、彼女たちはローカルだ。モンゴル語を喋っていると、私たちの仲間の一人がささやいた。

どうしても彼女たちの正体を知りたいということで、私が代表して英語で尋ねた。するとモンゴル航空のCAというではないか。

「CAっていうのは、世界中どこでも遊んでるなぁ……」

と男の人たちはみんな感心していたものだ。

ところで私はかねがね忠告している。

「女ばっかりでツルんでいると、恋愛や結婚のチャンスを逃すよ」

女性が集っていいのは、せいぜい三人までかな。二人だとこれまた声をかけづらい。三人ぐらいだったら、男性のグループも近づきやすいはずだ。五、六人になると盛り上がり過ぎて、まず誰も入っていけないであろう。

それよりも女とばかり楽しくやっていると、何かがにぶってしまうのである。本音を口にしたり、誰かをこきおろして笑いをとろうとする習慣。そして焼酎の水割を自分勝手につくり、ぐいぐい飲んでしまうクセ。こういうのが身についた女性が何と多いことか。

以前、商社の女性を小説の主人公にしたことがある。そのために何人ものＯＬさんに会った。ご存知のとおり、モテ女の代表のような商社レディ。最近は派遣の人がほとんどであるが、かつては縁故採用が多く、いいとこのお嬢がいっぱい。お給料もいいし、みんな自宅通勤だったから、めいっぱいお洋服にお金を遣えた。そして若くキレイなうちに、社内のエリートと結婚し、商社マン夫人として世界に翔び立っていったのである。しかしそういうチャンスを逃して、そのまま年くったグループがいた。定年まで勤めるワ、と覚悟した女性たちは、もう身のまわりには構わない。そしてグループの結束は固く、しょっちゅう飲み会を開いていたものだ。

彼女たちと何度もごはんを食べたが、まあ、ゆるくて、楽しくて、ずぶずぶとその中に入っていきそう。

女の人は、ちょっと気を許したらこの底なし沼のようなグループに入ってしまうのだ。

やっぱりこれではいけない。本当に恋愛したかったら、日頃からそういう勘は使っていなければ。そのためにも、そう好きではなくても、男の人とデイトはするべきなのだ。

野球選手がオフの時も、コンディションを保つのと同じ。いつか本命との試合のために肩ならしはしておかなければならない。

今年、私は大好物のフグを何度も食べた。人にご馳走されることもあるし、私がおごってあげるのも何度か。しかしいちばんリラックス出来るのは、女だけでワリカンの場合だ。男の人と一緒だと、歯にワケギがくっついていないかと心配で仕方ない。フグ刺しの分量にも気を遣う。が、女同士だと気がねなくたっぷり食べられる。シャンパンも持ち込んで。

そして自分の稼いだお金でフグを食べられる喜び、こういう喜びを分かちあえる女友だちがいる幸せをいつも確認するのである。将来は皆さまもこういう女子会をぜひ。

愛とお金のカンケイ

ブルゾンちえみちゃんの人気について、若いコはこう言った。

「飲み会やカラオケの時に、さらっとものの真似しなきゃならない。ゆりやんやるのはちょっとだし、渡辺直美はレベルが高い。今はブルゾンちえみをやるといちばんウケる。後ろにくっついてくれる男の子も笑いとれるし」

ということであるが、私は他にもあると思う。

ブルゾンちえみちゃんは、めちゃ美人で上から目線の女性の表情や言葉を、すっかり自分のものにしているのだ。それがとてもおかしい。

何が腹が立つといって、ロウレベルの女性からうんとエラそうに、男と女うんぬん、恋愛がどうのこうの、と言われることほど頭にくることはない。私はある時飲み会で、えんえんとこれをやられ、もう吐きそうになったものだ。

「失礼ですけど、あなたの姿カタチで、所詮男は……なんて言っていいんでしょうか。もう男なんていらない、なんてあなたの口から言って許されるでしょうか」

そういうことを言っていい人、悪い人の区別がちゃんと女の中では出来ているのだ。しかしブルゾンちえみちゃんは、そのルールをぶっとばした！

「さぁ、さぁ、いい女がモノを教えてあげるわよー」という目つき。あの体型、ファスナーがよく上がったなあと思うボリュームで、セクシーウォークしているのもおかしい。

二人のボーイズが無表情なのもいい。

ブルゾンちえみちゃんは、モテる女のパロディ化に見事成功しているのだ。

ところでモテ女というのは、いったい何か。男の人にちやほやされることであろうか。これについては、昔、テツオが名言を残した。

「モテる、っていうのもわずらわしい。雑魚も相手にしなきゃならないし」

しかし、ちやほやされるということは、物品を伴うことである。お金も関与してくる。

私はそういう人生を、とうに諦めているが、世の中には男の人からどっちゃりお金やプレゼントをもらっている女は何人もいるのだ。

しかしその反対に、男の人に貢ぐこともまるでなかった。そう、男の人にお金を遣えるのは、コンプレックスがあまりない、屈折していない女ではないだろうか。

全く関係ない若い男の子にはお金を遣う。いろいろご馳走してあげるのが私は大好き。

しかし自分の恋人には一銭も遣いたくない。この微妙な心理、わかっていただけるでしょうか。

若い頃、カレシが、

「一階の自動販売機でビールを買ってきて」

と私に命じ、そのお金をくれなかったことにものすごく腹が立った。いじけていたんだね。

そんな私であるから、このあいだ瀬戸内寂聴先生の言葉には感動した。久しぶりに対談で寂庵を訪ね、

「先生、本がずうっと売れ続けてたからお金すごいですよね」

とやや下品な質問をしたら、

「全部着物と男に遣っちゃったわよ」と即答。

いいなあ。なんてカッコいいんだろ。

私のような女にはこんなことは出来ない。

今の夫を選んだのも、

「ふつうのサラリーマンだから、お金にはきちんとしている」

という思いがあったからだ。

かの大女優、有馬稲子さんは実業家だった元のご主人が倒産した際、貯金も宝石も、コレクションの名画もすべて手放されたという。こういう美女の気っぷのよさ、といおうか男気は私には無縁のものである。

このあいだ、作家仲間の一人と話していた。この方は売れっ子で楚々とした美人である。しかし男の趣味の悪さで有名だ。彼女が十年前とある文学賞を受賞した時、再婚したばかりの夫を連れてきた。その人を見て、私だけでなくその場にい合わせた編集者たちもびっくりした。チョンマゲの髭男は、いかにもおミズ風。キャバレーの客引きをしていたそうである。

このダンナはみんなの予想どおりくわせ者で、奥さんの稼ぎをごっそり使い込んでいたという。

「びっくりしましたよ、ハヤシさん」

彼女はおっとりと言う。

「気づいたら、私のうちは抵当に入っていたんです」

税金の督促状も何年間も溜まっていたそうだ。しかし彼女はそれほど後悔していないように見えた。お金は働けばまた入ってくるからいいんだそうだ。この太っ腹はいったいどこからやってくるのであろうか。

私は太っ腹ではあるが、男に関してはまるっきり太っ腹ではないと、つまらない冗談を言っている時ではない。

若い時から稼いでいたんだ。屈託なく男に遣っていれば、もっと楽しい日々もあったかもしれない。しかし、私のことだから疑心暗鬼になっていたに違いない。いずれにしてもブルゾンちえみちゃんのように、

「男は三十五億いるのよ」

と叫んでみたかった。

甘酒の呪い

今、甘酒に凝っている、というエッセイを書いたら、知人からいっぱい甘酒が送られてきた。中には、

「これは高倉健さんお気に入りの、なかなか手に入らないものなのよ」

という九州のものもある。

甘酒はおいしい。しかも「飲むサプリメント」と呼ばれている。お通じもよくなったし、肌もいい感じ。

それよりもすごいのは、髪が艶々になったことであろう。このあいだちょっとした集まりがあり、女性三人と歩いていて途中振り向いた。そのとたん、

「わー、びっくりした」と男友だちの声。

「前を歩いているのは二十代の女の子だと思ってた」

他の二人と違って、髪がキラキラしていたので、てっきり若い女の子だと思ったのだという。私は近くの美容サロンに行くたび、二十分かけて頭皮に低周波を流してもらっている。それに甘酒効果が加わったのだ。

美容サロンでの会話。

「この頃、肌の調子がものすごくよくって」

「あら、前からだよ」と男性の担当。

「ハヤシさんは、昔からお肌はすごく綺麗だもの」

これにはムッとした。

「〝は〟ってどういうことかしら。他はババっちいみたいじゃん」

「いや、そういうことじゃなくて……」

と彼は私の見幕にものすごく焦っている。

「お肌も綺麗よ、って言えばいいんだよね」

「それはさ、あきらかにお世辞だとわかる。あのね、助詞の使い方に気をつけましょうね」

「じゃ、何て言えばいいの」

「こういう時は、助詞を使わないのが正解。お肌、綺麗ね。これがいちばん無難よ」

「なるほどね、ものすごく参考になった」

と彼は感心してくれた。

このように、甘酒は私の役に立っている。しかし問題が。

甘酒を飲むようになってから、むくむく太りだしたのである。まるで呪いをかけられたように。

私の今までの経験だと、ヘルスメーターにのり始めると体重は減っていく。自分でも気をつけていくからだ。しかし今回は、体重を測ると次の日には必ず増えている。それも一キロとか……。私はそら怖ろしくなっていった。それでヘルスメーターにのらないようになった。それでも太っていく。もうスカートも入らない。ジャケットもきつきつ。

完全に呪いをかけられたのだ。

いくら肌と髪がツヤツヤでも、こんなんじゃただのデブのおばさんまっしぐら。

そんな時、友人に誘われて苗場に行った。そお、ユーミンのコンサートを見るためだ。ユーミンファンの聖地、苗場に今までどうして行かなかったかというと、昔から私は寒いのが苦手なのと、スキーをしなかったからである。

しかし、今年で三十七年というすごい記録をうちたてているコンサート。チケットはすぐに売り切れになる。それを友だちがとってくれたのだ。行きますよ。

ステージのユーミンの、美しく綺麗だったこと。インド風の衣装を着て踊っているのであるが、二の腕にまるで肉がない。そしてしなやかに曲がる。横から見ても綺麗、お腹がぺったんこ。プロポーション抜群。歌はもちろん最高ですが。

私は矢沢永吉さんの言葉を思い出した。

「ロッカーは絶対に太っちゃいけないの」

と永ちゃんは言った。

「ロッカーはフォルムが命だからね」

これは舞台に立つすべての人にあてはまることに違いない。私もたまには講演会に出る。そして時々は、ピコ太郎になったりもする。舞台に上がるのだ。しかし今はどんどん太るばっかり。

「誰か私を止めてくれ〜」

そんなことを言いながら、午前三時まで部屋でワインを飲み続けていた私。初めて知ったのだが、ユーミンのコンサートは九時半からなので、なんだかんだで部屋に戻ると十二時を過ぎているのだ。

「もうダメ」と言うぐらい飲んで、次の日はむくんだ顔で駅に向かった。が、若い友人のうち何人かは次の日、スキーを楽しんだそうである。同じように飲んでも、ちゃんとカロリーを使っているのだ。

私の仲よしもこの頃肉がついてきた。おしゃれな人なので、服が着られないのがとてもつらいそうだ。

「ハヤシさん、私を肥満クリニックに連れていって頂戴」

そう、あれは五年前。私はそこに通ってめちゃくちゃ痩せた。しかし多くの友人から、

「痩せ過ぎー」

「体によくないよ」

と批判を浴びたのである。確かに頬がこけていっきに老けた。痩せて不健康そうと、デブで髪と肌ツヤツヤ。どっちを選ぶかを聞かれたら、今の私は前者を選びます。

〝食欲ない〟月間

まるで悪夢のように、むくむく太り続けていく私。

「誰か止めてー！　お願いー」

と叫び続けていた私であるが、ある日思わぬことでストップがかかった。

流行りのインフルエンザにかかったのである。

高熱が続き、仕事もすべてキャンセルした。何日間も体調が悪く食欲がない。熱も下がり、法的に外に出てもいいかどうか微妙な時、私は悩んでいた。その日は私が招待して、若い友人二人とフグを食べに行くことになっていたのだ。

そのフグ屋さんはとても高い。若い二人に払わせるわけにいかず、しかもキャッシ

ュときている。それなのに人気が高く、なかなか席が取れずに、私は三ヶ月前にやっと小座席を予約していたのである。

私は友人A子ちゃんにメールした。

「実はインフルエンザにかかってしまった。もう熱もないし、大丈夫だと思うけれども、もし伝染させてしまったら申しわけない。フグ、いったいどうしようか」

そうしたら彼女の返事。

「ワクチンを打っているし大丈夫。私は絶対に伝染しない自信があります。それよりもフグの方が大切です」

友人B子ちゃんも、

「フグのためなら、インフルエンザなんかこわくない」

ということで、決行となったのである。

おいしいおいしいフグは私の大好物。いつもだったら人の分まで食べるのであるが、体調が悪く、食べられない。カラ揚げも人にあげ、雑炊も食べずに帰ってきた。なんか食欲がまるでないのである。私はこれを神の啓示と思った。

「神さまが痩せろと、ついに指令を下したんだわ」

次の日からは甘いものもやめ、炭水化物もカット。そうしたら五日で一・三キロ痩せ、すごくいい感じである。スカートもファスナーが上までくるようになった。仕事で撮ってもらった写真も、前よりもむくれていない。

「おーし、この調子、この調子」

と私は大きく頷いたのである。

来月は某女性雑誌の〇周年。読者の集いの会（アンアンではない）がある。ここの読者は高収入でおしゃれということで知られている。私は読者たちにとても人気があると編集長は言う。

「ですからパーティーでぜひトークショーをお願いします」

と頼まれた。私は思った。この時にデブでダサい格好をしていたら、読者はどう思うであろうか。デブはデブなりに、

「実際会ってみたらそんなに太ってなかった」

ぐらい言われたいではないか。そんなわけでインフルエンザの最中に感じた、

「体の調子悪い、食欲ない」

状態をずっと続けようと思っている私である。

ところで生まれて初めてオペラの台本を書いた。作曲は三枝成彰さん、演出は秋元康さんだ。その記者会見が先週開かれた。日本のトップクラスのオペラ歌手たちが集

まった。が、びっくりだ。最近の女性オペラ歌手というのは、女優さん並みの美貌とスタイルなのである。

コケティッシュなフランス人を演じるソプラノ歌手、小川里美さんは、身長百七十七センチの長身の美女である。ものすごいプロポーションだ。腰の位置が高く脚がものすごく長い。それもそのはず、元ミス・ユニバース日本代表というから驚いてしまう。

もう一人のソプラノ、小林沙羅さんも、アイドル並みの愛らしさ。昔は私みたいなデブもいたのに、全く信じられない。一流のオペラ歌手も、どんどんスリムに綺麗になっているのである。

その代表が、今回のオペラに出演される佐藤しのぶさんであろう。しのぶさんが顔合わせの場所に入ってらした時、その場に居合わせた人たちは、いっせいに「おぉ!」と声を上げた。それほど美しかったのである。

真白い肌に、染めた金髪がとてもよく似合う。ちょっと見ると外国人のようだ。日本が世界に誇るプリマドンナである。もう美しくってオーラがあるの何のって。

この方に歌っていただけるなんて、台本家冥利《みようり》に尽きるというものだ。

しのぶさんは、以前と比べるとちょっとふっくらしたかもしれない。しかしそれが、プリマドンナの貫禄をかもし出している。日本人とは思えないヨーロッパ風のゴージャスな雰囲気。これはやはりガリガリのボディからはつくり出せないものではなかろうか。黒いビロウドのドレスに、真白いやや豊満なお体は本当によく似合う。

豊満とデブは違う。世間の評価も違う。まぁ、あと三ヶ月見ていてほしい。絶対に皆さんを驚かせます。

カウンターに座らせて!

このあいだの高橋一生さんの特集、本当によかったですね。ヌードのページ、ドキドキしながら見ましたよ。

アンアンで私の担当をしているシタラちゃんは、この高橋さんの特集の担当もしていた。撮影の時にいろいろお話しして、

「ホントにやさしくていい人で、ますますファンになっちゃいました」

ということであった。羨ましい。

私は「民王」の頃から、

「この人、ちょっといいかも」

と目をつけていた。今「カルテット」で、ブレイクにとどめをさしたわけであるが、私は初期の頃からだ。やっぱりオトコを見る目があったとつくづく思う。

ところでインフルエンザをきっかけにスタートした私のダイエットであるが、いろいろな邪魔が入ってきた。その大きな要因がお鮨である。ご存知の方もいると思うが、私はお鮨に目がない。海がない山梨に育ったせいか、お鮨への憧れはひといちばい強いのだ。ちなみに人口比で見るお鮨屋の数が日本一多いのは山梨である。山梨県民にとって、ご馳走イコールお鮨なのだ。

生まれて初めて、お鮨屋のカウンターに座らせてくれた男の人のことは一生憶えている。私の場合は大学時代の、友人のお父さんであった。鎌倉のお金持ちで、遊びに行った時、近所のお店に連れていってくれたのだ。

「好きなものを食べなさい」

と言われた時の喜び。今まで家族で行った時もテーブルで鮨桶がせいぜいだ。カウンターに座るなど夢のまた夢だった。大トロなんか五回ぐらい注文したと記憶している。

そんな私であるから、フリーランスのコピーライターになり、ちょっとお金に余裕が出来始めると、近所にすぐになじみのお鮨屋さんをつくった。一人でカウンターに座り、ビールを飲みながらお鮨を食べるのがクセになった。

このあいだ新聞を読んでいたら、漫画家の西原理恵子さんが女性の自立についてインタビューに答えていた。

「お鮨と指輪は自分のお金で」

というのが大原則だそうだ。つまりお鮨は男がおごってくれるもの、指輪は男が買ってくれるものと思っている女は、いつまでたっても自分一人で生きていくことは出来ないときっぱり。やはりお鮨というのは、女にとってもスペシャルな食べものなのだ。パスタやピザならば、そう人生の修行を積むこともなく一人で食べることが出来る。お金もかからない。しかし女一人でお鮨屋のカウンターに座れるようになるまでは、いろんなことをクリアしなくてはならないのだ。本当に。

さてダイエットもうまくいきかけたある日、ある地方に講演に行った。海の近くと思っていただきたい。いつもならすぐに帰るのであるが、飛行機の関係で夕食を主催者ととることになった。

「ハヤシさん、お鮨だけどいいですか」

「は、はい……」

お鮨は糖質のカタマリ。甘いご飯がぎゅっと詰まっている。おまけに水分も摂るから、お鮨を食べた日は一キロ近く増える。であるからして、私はお鮨を食べる時は相当の覚悟をして、年に二、三回、名だたる名店でいただくことにしているのだ。それなのにこんなにカンタンにお鮨を食べることになるとは……。

「ハヤシさん、こちらはお鮨が有名なんです。すごくおいしいですよー」

と言ってくれ、私は心を決めた。これもまた運命だろうと。しかしお店に行ってびっくり。カウンターはスルーして、上の座敷に案内されたのだ。六人というメンバーだったので、当然カウンターかと思っていたのだが。そしてもっと驚いたことに、テーブルに座るやいなや、つき出しと共に、いまラップをとりました、といった感じの握り鮨がお皿に盛られて出てきたのである！

「ひ、ひどい。これなら持ち帰り鮨と同じ」

と思いつつ口に入れたら結構いける。ものすごくお腹が空いていたので、ぺろりと一人前食べてしまった。

しかし欲求不満はずっと残った。中途半端なかたちでお鮨を食べてしまったという思いが、次の日私をお鮨屋へと行かせたのだ。なじみの近所のお鮨屋で、いつもなら、

「五貫だけお願い」

と言って頼むのに、その日は心ゆくまで食べた。昨日のカタキだ。（何が？）

そしてまた次の日、会議があってある企業に出かけた。いつもは幕の内弁当が出るのに、その日に限りどういうわけか握り鮨が出たではないか。これもすべてたいらげた。なぜなら残すのがイヤだったから。

そんなわけで、三日間続けてお鮨を食べていたのだ。怖くてヘルスメーターにのれなくなってしまった。

私は一生懸命働いて、女一人でいつでもお鮨屋のカウンターに座れるようになった。人にもおごってあげられる。が、そこに座ることに年々畏れと悔いとが伴うようになった。自分一人で心おきなく食べられる人って、本当にいるんだろうか。体型、経済力どっちにも恵まれている人が。

ＳＨＩＮｅｅ《シャイニー》の奇跡♡

もうすっかり日本に根ざしている韓流。

世代によって分かれるのが面白い。私の年代だとみんなドラマにハマっている。私はよく友だちとソウルに遊びに行くが、みんなドラマのＤＶＤをどっさり買い込む。ちゃんと日本語訳がついたものが、日本よりもずっと安く売られているそうだ。別のママ友のひとりは、字幕なしで理解したいとハングルを学び始めた。ひと月おきぐらいにソウルに行くが、もう簡単な会話ぐらい出来るそうだ。

若い人たちはドラマよりも、Ｋ－ＰＯＰに夢中だ。うちの娘もそうだが、みんなファンクラブに入り、抽選にあたった、はずれたと一喜一憂している。私は韓国の有名

事務所SMエンターテインメントのコンサートには何度か行ったことがある。友人が誘ってくれたのだ。しかしこの何年かはご無沙汰していたところ、アンアンの編集長から、

「シャイニーのコンサート行きませんか」

という有難いお言葉が。

このあいだ彼らがアンアンの表紙になった縁で、招待されたというのだ。ありがとうございます。いまやチケット争奪戦になるほどのアイドルグループ。めちゃくちゃカッコいい五人組のことはもちろん知っていた。が、コンサートに行けるとは思っていなかった。すごい人気だし。

会場でキタワキ編集長（まだ若い女性です）から、女性の編集者を紹介された。

「うちの韓流担当です」

マガジンハウス社員だから、おしゃれでキレイなのはあたり前であるが、彼女が韓流を一手に任されていると聞いてびっくりだ。メンバー一人一人のこともとても詳しい。

「一生懸命勉強して、この頃日本語がとてもうまくなったんですよ」

とはいえ、K－POPの人たちにとって、自由自在に日本語トークをするのは、か

なり難しいことなのではないだろうか。その分、歌とダンスの時間が長いワケだ。が、三時間、全く手を抜くことなく歌い踊る。そのレベルの高さにはただ驚くばかり。めちゃくちゃ長い脚でキレキレの踊りをするのだから、本当に圧倒されてしまう。

代々木体育館満員のお客は、みんな大興奮である。もちろん私も。しかし私が座っているところは関係者席。

「立ったりしちゃまずいかな」

とアンアンの担当者さんに聞いたら、

「やっぱり他の人も誰も立ちませんからね」

という返事。残念だ。

が、最後の方で、彼らはボールとフリスビーを投げてくれた。会場の興奮はマックスに。その時、私はテミンと一瞬目が合ったような気がした。

「こっちよー、こっちにお願い！」

通称シルバーシートと呼ばれる関係者席で、キャーと手を振る私の姿は目立ったに違いない。確かに彼は私に向けてボールを放ってくれたのである。それはいったん私の体に当たったものの、床の上に落ちた。その時だ。キタワキ編集長が信じられないほどすばやい動きを見せ、そのボールをキャッチしてくれたのである。そして記念にと私にくださった。ありがとう、ありがとう編集長……。

コンサートの後、みんなで遅くまでやっている上海料理を食べに行った。担当者の女性から今のK－POPの現状をいろいろ聞く。彼らは兵役という大きなミッションを抱えているから本当に大変だ。これだけのレベルの歌と踊りを二年間中断させるのは、なんともったいないことであろうか。

そしてわかったことがある。

若くておしゃれなアンアンの韓流担当編集者は、なんと東大卒業なんだそうだ。東大出ている女性が、シャイニーやEXOを専門に仕事をしているってなんか楽しいと思いませんか。

「ハヤシさん、またコンサート行きましょうよ」

とやさしいことを言ってくださった。しかし私は娘を見ていて、K－POPのチケットを手に入れるのがどれだけ大変なことかよく知っている。必死で時間内に申し込んで、すごい倍率の抽選がある。それなのに、アンアンのおかげで関係者席に座らせてもらうのは申しわけない。

娘も言っていたっけ。

「女優さんなんかが関係者席にいると、みんな見てて結構ツイッターで拡散する人いるよ。ま、ママのことを知っている人はいないと思うから大丈夫と思うけどさ」

今はコンサート見るのもおっかない時代なのだ。でもオバさんだから許してね。シャイニー、本当に好きだし。

そうしたら次の日、編集者がツイッターの画面をメールで送ってくれた。会場の誰かが私に気づいたのだ。

「林真理子さん来てました。アンアンつながりかな。小さくだけどちゃんとペンライトふってましたよ」

ファンの人、やさしいではないか。そうだよね、K－POP愛する心はみんな一つだよ。

イケメンと運命の再会

一泊で沖縄へ行き、それはそれは楽しかった。

ステーキハウスに行き、安くおいしいサーロイン三百グラムを食べ、その後は部屋飲み。下の売店でビールとワインを買ってきて、女二人午前二時までだらだら飲んだ。

次の日は牧志公設市場へ行き、私の大好きな〝歩〟のサーターアンダギーを購入。ここのは玉子の黄身だけを使っているので本当においしい。ちょうど揚げたてが出来たところで、それを袋の中に入れてしまう。車の中で食べ、そのまま沖縄そばの店へ。

調子づいて食べていたら、お腹にすっかり肉がついているのがわかる。

いつも引用する郷ひろみさんの名言、

「体がだぶだぶ太って、いちばんつらく悲しいのは自分でしょう」

そう、今の私はつらくて悲しい……。

そんな時、テレビの通販番組でお腹のもみ出し機が出ていた。エステなみのパワーで、お腹をもみ出してくれるそうだ。

「これしかない！」とその場で申し込んだら、次の日届いた。夜テレビを見ながらしようと楽しみにしていたら、充電を四時間しなくてはならないんだと。仕方なく夜寝る前にコンセントにさし、朝動かすことにした。しかし朝は忙しくて、そんなに長い時間出来ないんですよね。短くても、祈りを込めてお腹をぐにゅぐにゅする。

「脂肪よ、脂肪、とんでいけー！」

そうしながら考えた。

私はダイエットをしている。それなのにどうしてみんな、打ち合わせの最中、鰻やちらし鮨をお昼に出してくれるんだろうか。つい昼間だけなら糖質をとってもいいかなーと考える。が、夜になって人と食事をする。そうすると、必ずパスタやご飯ものを勧められる。

いや、いや、これもすべて私の心の弱さなのだ……。

沖縄でユタと呼ばれる占いの女性に言われた。

「これからハヤシさん、いいことがいっぱいありますよ」

いいことって何かしら。ダイエットがうまくいくことだろうか。それとも仕事のことだろうか。いろいろ考えて帰ってきた三日後、私はあるボランティアの集まりに出席した。六年前、東日本大震災によって親御さんをなくした子どもさんを支援する会である。その時、私の右隣にA君が座った。若く背の高い男性である。髪もスーツも今風で、ちょっと永山瑛太に似たイケメンだ。

資格をとり、お堅い仕事に就いている。三十二歳だと。若いのにもかかわらずものすごく真面目で、おじさん、おばさんたちに混じってこうしてボランティアをしてくれているのだ。

「それにしても、なんてイケメンなんだろう」

私は彼の横顔を見つめていた。

そしてミーティングが終わり、みんなで近くの居酒屋で食事をしようということになった。そこには行かない彼と私は、自然と一緒にエレベーターに乗る。

「お仕事、忙しいんじゃないの」

「大丈夫ですよ。融通ききますから」という会話を交した後、不意に彼が、

「ハヤシさん、あの時、村娘の格好で歌ってましたよね」

と言い出すではないか。

「ほら、ディナーショーの時、ハヤシさんはソプラノでアリアを歌ったんです。僕は後ろで合唱してました」

「それじゃ、あの時の高校生?」

「そうです」

十数年前の話になるが、私は毎年、六本木男声合唱団のディナーショーで歌っていた。六本木男声合唱団というのは、作曲家の三枝成彰さんが主宰する素人の合唱団だ。お医者さん、サラリーマン、社長さん、アーティスト、いろんな人がいた。その中に慶応高校の男の子が一人混じっていた。お母さんに言われて入団したんだそうだ。

「あら、あの時の……」

「そうです。憶えていてくれましたか」

さっそくLINEを交換したら、いっぱいスタンプとメッセージがきた。

「憶えていてくださって嬉しいです」

なんてかわいいの。私もさっそく返す。

「今度飲もうね」

「ぜひ、ぜひ。僕は六団で鍛えられてます」

あんな素敵な男性とお酒飲んでたら、みんなが羨ましがるだろうな。

しかし私は、とてもやさしくて気前のいいことで知られている。イケメンを独り占めしたりはしません。

「恋人いるの？」

「半年前に別れたばかりです」

「よかった。紹介したいコがいるんだけどタイプは？」

「可愛いっていう感じより美人が好きです」

ちょっとこのコメントが気にくわないけど、誰か独身を紹介してあげよう。

こういうことを考えると、とても楽しい。イケメンの若いのを手に入れるのって、すごく得した気分。トランプのいいカードを持っているみたいなもの。私のいいことってこれかな。

大人のたしなみよ

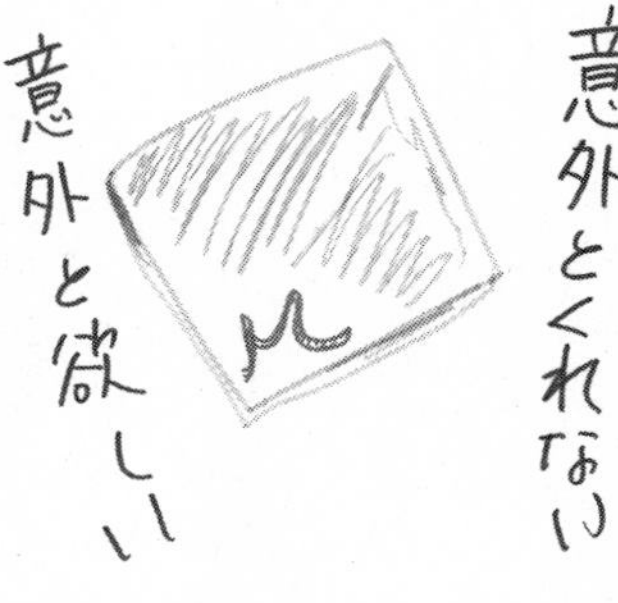

年に一度の（あたり前か）私の誕生日がやってきた。

いろんなプレゼントをいただく。花束も多いが、化粧品やポーチ、お財布、スカーフといったもの、どれもセンスがいい。本当にありがとうございます。

ものをもらってこんなことを言うのはナンであるが、いつも私は不思議で仕方ない。

「どうして誰もハンカチをくれないんだろう」

理由はわかっている。ハンカチは別れのシンボルとされているからだ。しかしそんなのは今どき関係ないと思うけどな。

ずっと以前、和光のハンカチをもらったことがある。私の名前が刺繍されていてとても嬉しかった。今でも大事に使っている。

二年ぐらい前に思いきって、今まで大切にとっておいたスワトウのハンカチの箱を開けた。お土産にもらったものを大切にとっておいたのだ。スワトウのハンカチを使うというのは、本当に贅沢な気分になる。

毎日使うハンカチは、いくらでも欲しい。だらしない私はよくハンカチを失くすからだ。久しぶりに使うハンドバッグを開けてみると、くしゃくしゃになったものが底の方にある。再会したハンカチよりも、行方不明の方がずっと多いかも。

そんなわけで先月、使いきっていない商品券を持って伊勢丹のハンカチ売場へ。Mのイニシャル入りのシンプルなハンカチを三枚買った。六千円とちょっとであった。こういうところにちゃんとお金を遣うのが大人のたしなみだよね。

さて、こんなことを言うのはとても勇気のいることであるが、私はタオルハンカチが大嫌い。生まれてこのかた自分で買ったこともない。野暮ったくて厚いし、なんか私のような不精者が使うもの、という印象であった。

ところがこのタオルハンカチ、実によくもらうのだ。ハンカチはなかなかもらえないのに、タオルハンカチはなぜかどっさりとくる。お土産にもよく観光地の特製品をもらう。使われないいまま、いつのまにかひとつの引出しがタオルハンカチでいっぱいになった。しかしある時、ふつうのハンカチの洗たくが間に合わず、タオルを一枚バッグに入れておいた。

これが便利なことといったらない。

トイレから出た後、ペーパータオルがないとどうしますか。温風で乾かす、という手もあるが、私はあれも大嫌い。いつも自分のハンカチで拭いていた。しかし一回使うと、もうぐしょぐしょになってしまう。この時タオルの登場なのだ。たっぷり水を吸いとってくれる。

「そうか、トイレの後はタオル、人前で泣いたり、口元をおさえる時はふつうのハンカチ。二枚持ってればいいんだ」

そんなこと常識、と言われそうであるが、私にとってはあらたな発見であった。そんなわけでタオルハンカチもバッグに入れるようにしたのであるが、めったに、いや、絶対に人前では使わないかも。

中学生や高校生ならいざしらず、女性がタオルハンカチを使うのはあまりにも色気がないと思うのは私だけだろうか。いや、多くの男性も思うに違いない。やはり女性には、アイロンのきいたピシッとしたハンカチを使ってほしいものである。

何度でも言うけれど、こういうものにお金と気を遣ってこそ大人の女性である。

ところで話は変わるが、友だちとランチしていた。私もヒトのことは言えないが、ものすごくおしゃれな彼女なのに、ここのところちょっと肉がついてきた。丸顔になってる。

「私、いま人生最大の体重」

あちらから言い出した。

「あのさ、太るとさ、ブラジャーもきつくなってくるんだよね」

「わかる、わかる」

と私。

「私、このあいだブラを五枚買い替えたもの。ノンワイヤーでフルカップにした。もう色気も何もないよ」

バスルームの前の洗面所で、脱ぎ捨てられたものを見ると、自分でもぞっとする。洗たくカゴにふわっと置かれたブラなんか、色っぽいものの代名詞なのに。

「そうそう、表参道にラ　ペルラの直営店が出来たけど一度も行ってないよ」

「そうだよ。もう女として恥ずかしいよ」

着る工芸品と言われるランジェリー。レースのついたシャンパンカラーの絹の下着の数々。若い頃は「非日常用」として海外でいっぱい買ってたのに……。ああいうものにお金をかけなくなったというのは、やはり女性としてのパワーが著しく低下しているのだ。

と思っていたら、つい最近一緒にお酒を飲んだ男友だちがこんなことを言っていた。

「ある女を誘ったらさ、私はそんなつもりじゃない、とか何とかさんざん言ってたくせに、ものすごくリキ入った下着なんだよな。ああいうのってミエミエ」

こんなことを言う男とは、そういうことをしないのがいちばんと思うけれど、じゃあ、いったいどうすればいいんだ。ハンカチと違って、ブラは奥が深すぎる！

出会っちゃった！

最近コーディネイトがまるで決まらない。

今までは十日に一度ぐらいは、自分でも、

「おっ、いいじゃん」

と思う日があったのに、最近は鏡を見てもそこにいるのはサエないおばさん……。

理由はわかっている。ここんとこ何をやっても痩せずに増量する一方。すると、はけないスカートや、キツキツのジャケットが出現。クローゼットの大半が休戦状態となった。四キロ太ると、シルエットはまるで違ってくる。ジャケットにフレアのスカートを組み合わせると拡がって見えるばかり。そうかといってストレッチ素材のタイ

トにしたら、うちのハタケヤマが、

「妊娠六ヶ月ぐらいですかね……」

ときた。

ま、この問題は大き過ぎて別に考えるとして、もうひとつ私は重大なことがわかった。それは電車を使わないと、どんどんダサくなること。

忙しくて忙しくて時間がない。今まではメトロで行った表参道とかにも、無線のタクシーを呼んで行ってしまう。そして車の中でささっと化粧をするていたらく。おとといのこと、二ヶ月ぶりに青山のサロンへ行き髪を切った。ついでにカラーリングも。いつもなら車を呼んでもらうのであるが、メトロで帰ることにした。

日本中でいちばんおしゃれな女の子たちが行きかう表参道。すれ違うだけでいろんなことがわかる。春の終わりとなってトレンチが多い。誰でも一着は持っているトレンチ。私はロング丈であるが、たいていの若いコたちはショート丈ではないか。そして、黒のライダース、これがキマリかな。

私が革が大好きなのは、今まで何度もお話ししたと思う。今までも、ブルーとか白といった変わった色のレザージャケットを見つけると即購入した。レザーのプリーツスカートなんかどれだけはいたかわからない。

その日私が着ていたのも、黒革のショートコート。もう十五年も着ていてすごくいい風合になっている、革のいいところは、年と共に次第に体になじんでくるところ。だからちょっと高くっても、ついエイ、と買ってしまうんですね。そう、七年前に香港で買った、ドルチェ&ガッバーナのライダース。エイ！　という値段なのに思い切って買ってしまった。それなのにバイ！　と突然消えてしまった。家中探しても見つからない。外で脱いだ時に忘れてしまったのであろうか。

そんなわけで私は、ライダースを持たなかった。七年間なしで過ごした。あの素敵なライダース以上のものにめぐり合わなかったからだ。

しかし三ヶ月前、ふと入ったセリーヌの表参道店で、カーキのライダースを発見。ものすごく高かった。バーゲンまで待とうと思ったのであるが、つい衝動買いしたこともお話ししたと思う。

このライダース、ものすごくカッコいいのであるが革が厚くて立派。とても重たい。そんなわけでまだ一度も着ていない。

先週、私はPRADAで、黒いライダースと出会った。黒くてさりげない形なのであるが、何にでも合いそう……。

そう、ワンシーズンにライダースを二枚も買う私ってバカですよね。しかし欲しかったライダース。あの消えてしまったドルガバのライダースの趣を探してる私。恋人を失くしたために、男に奔放になっていく女のようである。

そして私は買ったばかりのライダースを得意になって着た。革はとにかく着て、着て、なじんでいくのがいちばん。

三日おきぐらいに行く、近くのサロンのおニイちゃんが言った。

「すっごくいいライダース着てるじゃん」

「ふっ、ふっ、わかる？」

「ぼくはずっとバイクやってたから、ライダースのよしあしはよくわかるんだ」

ほら、見てごらんと、ライダースの背の衿をめくった。

「ここの縫いめ、綺麗でずうっと同じ幅に統一されてるでしょ。これが安い合皮とか韓国製だとこうはいかないよ。このライダース、一生もんだよ。大切にしなよ」

そこで私は質問した。

「ねぇ、ライダースって屋内では脱ぐものなの？」

「そんなわけないじゃん」

と笑われた。

「暑くたってライダースは脱がない。コートと違うんだもん」

ふーん、そういうものかと、家に帰り再びコーデを組む。薄手のタートルに、例の可愛いストレッチスカート。お腹をライダースで隠せば我ながらなかなかだと思うのであるが、ハタケヤマは再び言いはなつ。

「ヘン。なんかヘンですよ」

「えっ、どうして」

「ハヤシさんのイメージじゃないんですよ」

そりゃそうかもしれない。ライダースって、やっぱりコトが起こればバイクに乗る雰囲気をどこかに持っていなくてはならない。たとえ下がレースやワンピだったとしても。そお、やっぱり早い話、デブが着ちゃいけないアイテムなんですよね。七年前、私はもっと痩せてた。消えたライダースは、あの時の私なんだ……。

美味しいカロリー

もうなくなってしまったが、数年前まで青山にチェコ料理のレストランがあった。冷たいお肉料理などなかなか美味しかったが、圧巻はデザート。揚げたドーナツを生クリームでくるんである。ものすごいカロリーであろう。だから、

「ひと口だけ食べよーっと」

と思う。しかしとろけるような甘さ、油と小麦粉と生クリームの三つがかなでる禁断の三重奏にフォークが動く。勝手に動く。そして一個たいらげてしまうのだ。

先週、取材で高知へ行った。皆さんお土産をたくさんくださる。私の大好物を知っているので芋けんぴだ。これもハイカロリーなんてもんじゃない。ダイエット中摂っ

これが悪魔の
スイーツ
おいしいおいしい
土佐の
芋けんぴ

てはいけない糖質の芋、砂糖に加え、揚げてあるのだ。これも「食べてはいけない」ものであるが、食べずにはいられない。

ひとつひとつは小さく、どうということもなさそうなのでつい袋を開ける。そしてとまらなくなる。私はこういうものを「悪魔のスイーツ」と呼んでいる。

高知にはこれがとても多い。かのマッコ・デラックスさんも大好物という「ミレービスケット」。素朴な味がたまらない。麻布十番にある豆源の「おとぼけ豆」もそう。マガジンハウスに原稿を書きに寄ると、必ずこれを用意しておいてくれる。調子にのって食べる私。そしてデブになる……。

まぁこんなダイエット話、何百回も聞かされてきたので、皆さんもさぞ退屈であろう。しかし私は不思議でたまらない。最近世の中の人がみんな「糖質ダイエット」と叫んでいる。聞いたところによると、握り鮨の上だけ食べる人も出てきたそうだ。それなのに、朝のワイドショーでも、女性雑誌でも、いつも美味しいスイーツの特集をしている。これでもか、これでもかとやっている。あれってどうなんだろう。

あるホテルに行くと、いつもロビーは若い女の子でいっぱい。ここでは午後、スイーツバイキングが行われているのだ。若い女の子たちがいつもお皿を山盛りにしている。こうしながらみんな「ダイエット」の情報を血まなこになって見ているに違いない。

ところで、日に日に増量中の私であるからして、イベントの仕事がある時は本当につらい気持ちになる。こんな私でもファンという方々はいて、私の着るもの、髪型、体型をちゃんとウォッチ。前はサイン会に行くと、

「本当はキレイでびっくり」

と言ってくださる方が何人かいた。お世辞とわかっていても嬉しい。しかしこの半年ぐらいは誰も言ってくれなくなった。

前にも書いたと思うが、もう一度自慢話を。三ヶ月前のこと、某人気女性誌（注・アンアンではない）の編集長がいらした。今度創刊10周年のパーティーがある。そこで私にミニ講演会をしてほしいというのだ。

「読者百人を招いてパーティーをします。うちで人気作家のアンケートをやると、ハヤシさんがダントツ一位ですから」

こういう話を聞くと本当に嬉しい。その前にダイエットしなきゃ、と私が言ったら、

「そうなんですよ」

と編集長。

「ハヤシさん、うちの雑誌で、編集長の私自らがダイエット企画をするんです」

彼女は太っている、というほどではないが、「体格がいい」というタイプ。背が高く肉づきがいいのだ。

「そんなわけで、トータルワークアウトに通って、本気でやりますから見ててくださいね」

そう、一緒に頑張ろうと誓い合ったのに、私はこのていたらく。甘酒に凝ってからというもの、何をやってもむくむくと太る。体重が減らない。いや、それは言いわけで本気を出していないのかもしれない。

そしてあっという間にパーティーの日になった。出来るだけ体型がわからないようジャケット姿でいくと、パーティーは華やかな雰囲気。女性ファッション誌なので、女性編集者がいっぱい。

そお、ドラマのあの「校閲ガール」の、編集部を想像していただければいいと思う。そして編集長を見てびっくりした。三ヶ月前とはまるで違う。ノースリーブにワイドパンツ、ものすごくカッコいいのだ。

「そ、それってどうしたの」

「トータルワークアウトに、まじめに行きましたからね」

つらいエクササイズも耐え、食事も気をつけ、このプロポーションになったのだ。

「ずるいじゃん！　一人だけ」

人を恨むのは間違いというものであろう。

そこに私の友人もやってきた。

「ハヤシさん、私たちも通いましょうよ」

彼女もこのところ、びっくりするぐらい増量しているのだ。

「もう私たちライザップしかないかも」

「だけどさ、あれって若いコに、ああだ、こうだ叱られるんでしょう」

そういえば私の友人で、太った有名人がいる。彼の元にライザップからCMのオファーが来たそうだ。

「でも私、きついところは無理だと思う。こうなったら、肥満専門のクリニックにまた行こうと思うの」

この続きはまた。

野生パワー、注入!

「クマを食べに行かない?」

友人から突然誘われたが、あまり乗り気にはなれない。

食いしん坊の私であるが、鹿とかイノシシといったジビエ料理は苦手である。昔、なじみのパリのレストランは、ウサギの血の煮込みが名物料理であった。ものすごく凝ったものだとわかっているが、どうも気がすすまない。いつも残していた。

「クマの肉はそういうのとは違う。ものすごくおいしいし、やわらかい。行かなきゃダメだよ」

それに、と友人は続ける。

「今は花山椒の季節。たった二週間だけの花山椒とクマの肉が食べられるんだよ」

ということで、やってきました、京都。

全く、食べるためには、どんな苦労もいとわない私である。このエネルギーを仕事やダイエットに使ったら、どんなにマシな人間になったことであろうか……。

東京からのメンバーが四人、それに京都在住の学者さんが一人加わる。皆でMKタクシーのワゴンに乗り込んだ。

京都市内から山奥の比良山荘まで一時間。遠足気分で、ワゴンの中でぺちゃくちゃお喋り。

「僕は整形フェチなんだ」

若い学者A先生がとんでもないことを言い出した。

「ネットで自分の整形の様子をアップしているのを見ると、本当にゾクゾクしてきますよ。ああ、こんな風にまでして美しくなりたいのかと思うと、包帯姿が本当にいとおしい」

私たちの仲間うちでいちばん好きなのはB子さんだという。彼女はお直しし過ぎて、この頃ものすごく顔がおっかないと評判だ。

「あの、日に日に人間離れしていく感じが、なんともいえないんですよ。本当にあの人のこと好きですねー」

という発言に、私たち女性陣からヤダーっという声があがった。

「A先生ってヘンタイじゃないの」

私が言うと、

「僕はヘンタイだけど、変質者じゃありませんよ」

ときっぱり。そのくせ同行した女友だちのワンピースから目を離さない。

「こういうジッパーが直に通っている服って、ものすごく妄想をかきたてますよね」

などと目つきがイヤらしくなったところで比良山荘に到着。ここはすごい人気で、なかなか席を取れないということだ。すべて個室でゆったり食事をとれるようになっている。ワインもなかなかいいものが揃っていて、私たちはすぐ赤をあけてもらった。

そしてまずタケノコなどの前菜が何皿か出たあと、いよいよクマさんのお肉が登場。びっくりした。白い脂の肉の薄切りが、花びらのように並べられているのだ。

「これはツキノワグマですね」

鍋に肉を入れてくださるご主人。

その場にいた友人たちの話によると、クマはいっきに脳を仕留めるのだそうだ。体を貫通したりすると、すぐに鉄分がまわってしまう。

かなり可哀想な話であるが、とにかくいっきに殺《や》ってしまう。そしてすぐに解体することが必要なのだ。

「ほんとにゴメン、ゴメン」

と謝りながら食べたクマ肉のおいしかったこと。本当に脂が甘くてかぐわしいのである。そのうえ、あの高価な花山椒をたっぷり。なんともいえないいいにおいだ。野生のクレソンやセリを、これでもかこれでもかと鍋にたっぷりと入れていく。そのおいしいことといったらない。

クマ肉もおいしいけど、野生の草々の香りが高いのも大好き。獣のにおいもたちまち消えていくのだ。鍋のクマさんの肉をガツガツ食べていく。

その時、仲居さんがささやいた。

「あの、Cさん御夫妻とDさんがご挨拶したいと言っているのですが」

Cさんというのは、地方の大金持ち。お嫁さんを探しているというので、私のいきつけのショップの店員さんを紹介したところ、Cさんが一目惚れ。すぐに結婚のはこびとなったのである。

御夫妻と一緒にEさんがいる。有名な俳優さんだ。二つおいた隣りの部屋で、皆で楽しく鍋をつついていたらしい。そこで誰かが、

「ハヤシマリコさんが来てるよ」

と言ったものだから、みんなでこちらに寄ってくれたのだ。

私は皆にCさん夫婦を紹介した。私は言う。

「こう見えても二人、新婚さんでラブラブだよ。奥さん見つけたの私」

その時、茫然としていたA先生。

「あの奥さん、ずばり僕のタイプです。理想の人にやっと会えたような気がします。どうしてもっと早く、僕に紹介してくれなかったんですか。僕が独身の頃に」

かなり強い口調だ。たっぷり食べてクマのエネルギーが乗りうつったみたいだった。

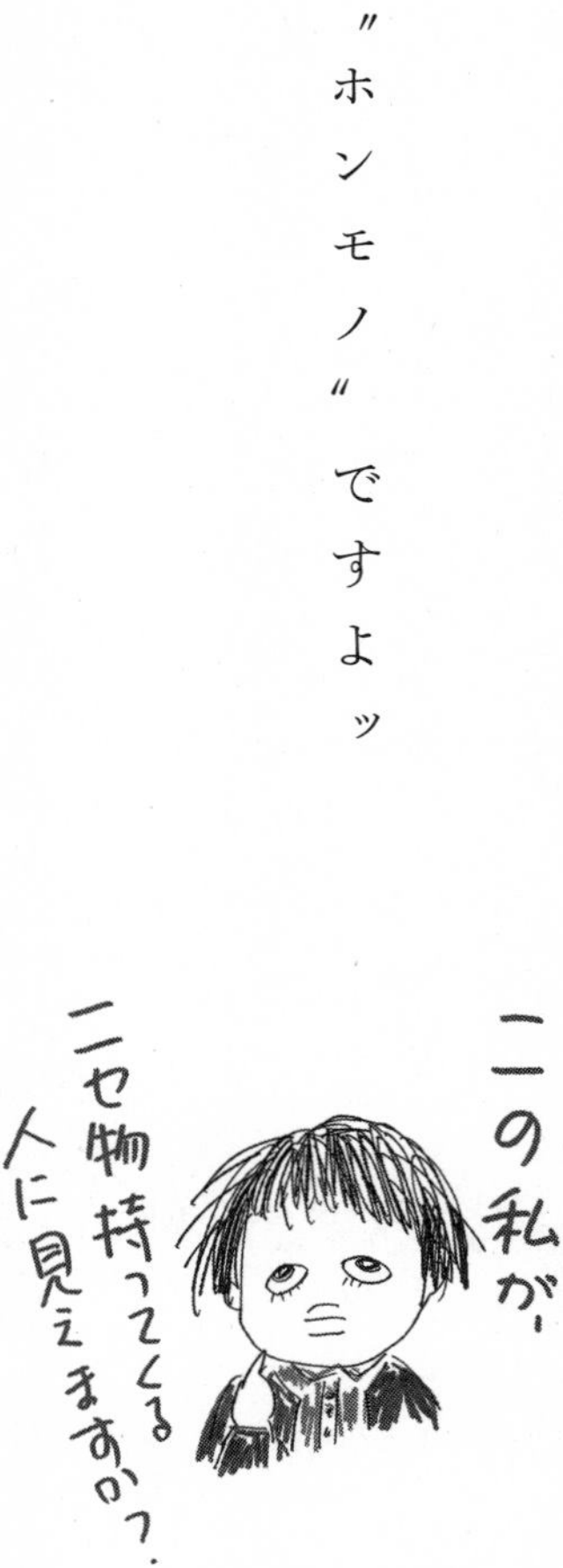
〝ホンモノ〟ですよッ
この私が、
ニセ物持ってくる
人に見えますかっ.

「もうこれ以上、デブのままでいるのはイヤ」

心底思った私は、以前通っていた肥満クリニックの門を叩いた。

もうお金がかかってもいい。薬だって飲んじゃう。人に何と言われても、私は痩せたいの。

私は先生に訴えた。

「この頃何をしても体重が落ちないんです」

糖質を制限しても、ジムに通ってもダメ。今までは、ヘルスメーターにのると確実に体重は減っていった。ダイエットの態勢になっていくからだ。昼食も軽くして夕飯かという。

じっと聞いていた先生は、ストレスからホルモンがおかしくなっているのではない

「こんなんじゃ、本当にやる気なくしますよ」

と期待してのれば、な、なんと〇・五キロか一キロ増えている。

「さぁ、どのくらい体重が減ってるかな」

もちょっとつまむ程度。

「採血して調べてみましょう」

「えー、薬出してくれないんですか」

「ホルモン値がわからないと、薬がわかりません」

おまけにちょうどゴールデンウィークに入る前で、結果は二十日後だと。せっかく

やる気になったのに、調子がくるってしまった。

仕方ない。痩せた時に着るお洋服のことでも考えよう。夏ものが入荷したといろい

ろなお店から連絡があったばかり。

この頃つくづく思うのであるが、私は浪費家ではない。お金を遣うのが大好きなだ

け。しかしそれは稼ぎがあってのこと。今の私は出ていくものが多くていつもピィピ

ィしている。ついこのあいだも呉服屋さんでたくさんの着物を注文し、どうやって払

おうかと頭が痛い。

あぁ、バブルの頃が懐かしい。本もばんばん売れて、好き放題にお買物出来る余裕があったわ……。

さて先週のことであった。新聞に一枚のチラシがはさまれていた。それはブランド品買取り店。高値で査定してくれるとか。そんなものは珍しくないが、私の目を射たのはエルメス　ケリードールの写真である。そう、オモチャみたいな小さなバッグですね。

「今、探してます。状態によっては百万以上で買取りします」

驚いた。私は十五年前、パリの本店でこれを買っているのだ。確か二十数万円だったと記憶している。

「あーら、かわいいじゃん」

と手に入れたものの、それきり忘れてしまった。私が持つにはあまりにも可愛らし過ぎるのだ。それがなんと百万の値がつく！

「エルメスは女の貨幣である」

という名言を残したのは私であるが、まさにそのとおりではないか。

私はさっそく電話をして、売りに行くことにした。ついでに三年前に買った三十五センチのブルーのクロコも持っていく。もはや私の財産といってもいいこのバッグ。いざとなったらこれを売ればいいという気持ちに、どれほど私は支えられてきたことか。

大きな紙袋を持って新宿に向かった。タクシーで着いたところは、ごちゃごちゃした通りの小さな店である。一階がショップで二階が査定する部屋だ。ヤバい感じの中年男性がいるのかと思ったのだが、そこにいたのは感じのいい若い男性である。虫メガネでじーっと見て、後ろのドアに消えた。そして三十分近く待たされ、こんなことを言うではないか。

「本部に問い合わせましたが、ドールエルメスでこの革のものは流通していません。この革は見たことがないんです」

なになに、その言い方？　私がまるでニセ物を持ってきたようではないか。

「これ、十五年前にパリの本店で買ったんですよッ」

パリの本店を強調。が、相手は全くのってこない。もうひとつのクロコは、

「判断が出来ないので預からせてほしい」

と言い出したが、やる気ないのがミエミエ。ちょっとォ、これも本物だと思ってないワケ？

「このクロコも三年前、パリの本店で買ったものなんですけどね」

言いたくなかったけど私は聞いた。

「もちろん、私のこと知っていませんよね」

はい、と困った顔をした。

かつてはバーキンの女王（?）と呼ばれた私。パリの本店でちゃんと顧客リストにも載ってて、私が行くといつも特別に出してくれたもんだけど。目の前の若い男性に言っても仕方ない。

気づくと一時間以上たってた。私はキレた。

「あのね、あなた、決定権ないんなら最初からそう言ってくださいよ。ずうーっと本部に電話してパソコン叩いてて。ここで一時間費やしてます」

すみませんと彼は言ったが、ずうっと気分悪い。あーあ、こんな場末の買取り業者とかかわった私がバカでした。いつか売ろうと思って使わなかったクロコ。こうなったら毎日使い倒してやると、私は心に誓ったのである。しかし着物の支払い、どうする?

ミニじゃないのに…

毎年ゴールデンウィークの最中、私はクローゼットの整理をする。そしていらなくなった大量のお洋服をダンボールに詰め、山梨のイトコ、関西の弟嫁に送るわけだ。

今年は本当につらかった。そお、急にデブになったために、所有しているお洋服の八割がきついことが判明したのである。

ものすごく気に入っていたプラダのレーススカート、グッチのブラウス、シャネルスーツ、ジル サンダーのジャケット、そのどれもが私にそっぽを向いている。

しかし私は、自分に言いきかせる。

「もうじき痩せるんだもん。いいもん」

そお、自力でダイエットしてもどうしてもダメな私は、かつて通っていた肥満専門のクリニックの扉を叩いたのである。そこで採血やいろいろな検査をした。結果によって薬が処方されるのは二週間後。それまではデブでいるしか仕方ない。

そして五月五日、私は銀座の先、勝どき橋へと向かった。友だちが屋形船を仕立てるので一緒に乗ろうよと誘われたのである。

私はちょっと前のプラダのスカートに黒いカットソー、白いカーディガンという格好であった。かなりお酒が入った頃、初めて会った女性に問われた。

「ハヤシさんって、わりとミニのスカートはくんですね」

「ミニじゃないよ」

と私は答えた。

「上のお肉にひっぱられて、上へ上へと上がっていくだけ」

「そういうもんですか……」

スタイルのいいその人は、ふうーんとした顔をしていた。

別の日はシルクジャージーのワンピを着たところ、秘書のハタケヤマにも同じことを。

「少し短すぎませんか。もっと下にひっぱった方がいいですよ」

あぁ、イヤだ、こんな屈辱、一日も早くなくしたい。

そしてクリニックに行く当日、A子さんと待ち合わせた。彼女も最近体重が増え続け、もはやお医者にすがるしかないと決心し、私に紹介を頼んだのだ。

クリニックに行くとまず体重を測る。着衣の分、〇・五キロ引いてくれるけど、それでも人生最大の値！　この二週間、屋形船の中で食べまくったり、お鮨屋へ行ったりして好き放題していたのだ。

しかし、

「いいですよ、今日から痩せるんだから」

と先生はやさしい。そしてパソコンを叩きながら、

「ハヤシさん、これじゃあ、何やっても痩せないよ」

と言った。ビタミンが極端に不足し、ホルモン値が下がっているそうだ。幾つかのサプリメントをもらい、

「炭水化物と昼食の禁止」

を言いわたされた。私は、毎日朝食のヨーグルトに、果物とハチミツ漬けナッツを入れるのであるが、それもしばらくはやめるようにとのこと。

「朝、これで血糖値がぐんと上がるからね」

この後、私のえらいところは家に帰るやいなや、おにぎりを二十個握ったことだ。夜、仲よしの友だちのところでワインパーティーがある。男世帯（離婚した）なので、食べ物はみんなが持ち寄ることになっている。

料理上手の人はキッシュやサラダをつくるが、シューマイを買ってくる人もいる。私はご飯の担当。しゃけと梅干しの具に、佐賀の最高級の海苔を巻いたおにぎりは好評なのだ。

もちろん私は一個も食べず、黙々と握り続ける。これと紀ノ国屋で買ったチーズとバゲットを持っていく。

ワインはすごくいいのがいっぱい出た。

「これは君が好きなタイプだと思うよ」

と、友人ががんがん栓を抜いてくれる。このくらいならと、ついつい飲んでしまう私。

明け方の三時、あまりの苦しさに目が覚める。ゲーゲー吐いた。しかし気持ち悪さはずっと続き一日中何も口に入らない。その夜は皆で焼き肉屋へ行く予定があったのであるが、カルビは一枚でギブアップ。

そして本日四日目にして、なんと一・五キロ減っているではないか。スカートもちゃんとホックがかかる。この嬉しさ、わかっていただけるだろうか。

私は常々ここでも言ってきた。ダイエットは単なる美容ではない。それは女が希望と自信を持つということなのだ。メンタリティーがまるで違ってくる。

いきつけのショップからファックスや手紙、あるいはメールが入ってくる。

「ハヤシさん、夏もの入りましたよ」

しかし私はまだ買わない。サイズを落としてからと決めている。

その替わりネットで、ガウチョやTシャツをいっぱい買った。XLと打つたび、

「今だけだぞ。今は緊急で買ってるんだぞ」

とつぶやく私である。

来週から友だちと台湾旅行。エステと食べ歩きが待っている。が、私はちゃんとやってみせますよ。見ててね。

待つか、寄るか？

　このあいだある会社のパーティーに出かけた。創業何周年といっても、クリエイティブな会社なので、とってもおしゃれで素敵なパーティー。
「来てくれてありがとう」
　と出迎えてくれた彼の横にはA子さん。もう二十年近い彼のパートナーである。男性には奥さんがいるので「不倫」ということになるであろうが、そんな言葉がまるで似合わない二人。なぜならとても堂々としているカップルだし、奥さんがどうしても別れてくれないことをみんな知っているからである。
　A子さんはとても綺麗な人で、中年になってもその美貌は衰えていない。とてもお似合いの二人である。おそらく彼のことを運命の人と考えているからであろう。

「運命の人なんかいるわけないじゃん」

と考えるのは、恋のシロウトの場合。私も実はその一人で、

「一日も早く結婚しなきゃ。子どもだって欲しいし」

と目先の男に飛びついたのである。

「もしうまくいかなかったら、別れたっていいんだし」

と見切り発車してしまったが、そんなに簡単に離婚なんか出来るもんではない。

〝情〟というものも生まれてくるし、別れるとなると、いろんなことがめんどうくさそう。ついずるずると二十七年間も一緒にいることになった。

不平不満はいっぱいあるが、

「まぁ、結婚なんてこんなもんかも」

と自分をなだめようとしていた。

そこに阿川佐和子さんの結婚のニュースだ。

一人の男性を三十年間思い続けていたなんて本当にすごい。妥協しなかったことに驚く。あの時代、女性が三十代の終わりになると、かなり焦って、

「もういいや、このへんで」

と思ってしまったものである。が、阿川さんは彼を「運命の人」と思って、ずっと三十年間想い続けてきたわけである。

あのA子さんにしても、あれだけの美人である。プロポーズしてくれる人もたくさんいたに違いない。が、彼女は妻子ある男性との縁を選んだのである。

本当に立派だ。

しかしもう一人、私の知人にこんな女性がいる。仮にB子さんとしておこう。B子さんはとある日本芸能の師範と思っていただきたい。なんの芸能かは言えないが、その世界ではかなり名を成した女性である。

彼女は若い頃、師匠格の男性と恋愛していた。奥さんと子どもがいるから結婚出来ない。それにまわりから「愛人」呼ばわりされることにも、彼女はすっかり疲れてしまった。実力でやったことも、「師匠のおかげ」という風にとられてしまうのだ。

やがてB子さんは三十歳の時に、ふつうのサラリーマンと結婚した。仕事は続けながらも二人の子どもを産み、立派に育てた。

ところが四十代のおわりに、ダンナさんが病気になってしまう。きっちり看病したけれども闘病の末、亡くなってしまった。

それからまたかつての恋人と会うようになり、再びつき合いが始まった。その時の

B子さんは本当に楽しそうであった。

私たちも、

「こういうのっていいかもね……」

と言い合い、独身の友人は本気で羨ましがったものだ。

五十代近くなった時、B子さんは自分の力でちゃんと地位をつかんでいた。そして下の子どもはもう大学生。未亡人のお母さんの恋愛を見ても、もうグレるような年頃ではない。だからB子さんはかなり大っぴらに恋人とつき合うことが出来た。どんどん若くキレイになって、幸せそう。五十代だと女の人はまだ綺麗だから、二人はラブラブだった。

そう、一筋に「運命の人」を思うのではなく、途中で寄り道をする。そして別の家庭をつくり、子どもを育て、まぁダンナさまも大切にする。

そこまでやった後に、未亡人になるというのはつらいから、離婚という選択もあるわけだ。私はずうっと愛人で年とっていくよりも、この「寄り道路線」をぜひやってほしいと思うのである。

中には、

「そんなオバさんになってから、もう一度始めるなんてイヤ。私は一生でキレイな時に彼ととことんやり遂げたいの」

という人もいるに違いない。

しかし私は思う。本当にその人が「運命の人」で、愛し合っているならば、男性はちゃんと待っていてくれるはずだ。フランスのマクロン大統領を見よ。十六歳の時に愛した二十四歳年上の女の人を、じーっと待っていたではないか。

「運命の人」に出会えた人は本当に幸せである。神さまから選ばれた人たちが、本当に愛する人と出会えるのである。その人たちにとって、女性が年とったって何のことがあろうか。

いいえ、私もね、昔は夫のことを「運命の人」と思ったことがある。いったん思ったからには仕方ない。我慢しますよ、本当に。

おしゃれ軍団in台湾

毎年恒例となっている、中井美穂ちゃんとホリキさんとの海外旅行。昨年（二〇一六年）はニューヨークであったが、

「今年はまた台湾にしようか」

とホリキさんから提案があった。

おととし三人で台湾に行ってからすっかりハマってしまい、あれから別のメンバーや家族と五回行ったそうだ。もうコーディネイターが出来るぐらい詳しくなり、おいしいお店もばっちり押さえている。二泊のスケジュールも完璧に組み立ててくれた。

そうしているうちに、

「アヤコがちょうど台北に来ているから合流しませんか」

　というメールが。

　アヤコさんとは、昨年のニューヨーク旅行で知り合いになった、ホリキさんとは昔から仲よしの世界的メイクアップアーティスト。ナオミ・キャンベルやペネロペ・クルス、スカーレット・ヨハンソンのメイクを担当。ＥＬＬＥやヴォーグの表紙も手がけた人だ。そお、ＡＤＤＩＣＴＩＯＮを作り上げた人ですね。

　今回ＡＤＤＩＣＴＩＯＮは台北に進出することになり、その記者会見のためにやってくるんだって。比較的ゆったりしたスケジュールなので、三日間は私たちと遊べるということだ。嬉しい！

　私たちは空港からチャーターしたワゴン車に乗り込み、ホリキさんおすすめの飲茶レストランへ向かった。そこにアヤコさんもホテルからやってきた。早朝ニューヨークから着いたばかりだという。ノースリーブの黒いカットソーに白いスカーフを巻きつけ、ものすごく大きなサングラスをして、そのカッコいいことといったら……。

「ス、ステキ……そのサングラス」

「あ、これセリーヌよ。ちょっとかけてみて」

「えっ、私、すっごく顔が大きいから」

「大丈夫よ」

ちょっと借りてかけたら、なんだか似合うような。

「後でセリーヌへ行ってみましょうよ」

ということに。これってすごいですよね。

ホリキさんにミホちゃん、それにアヤコさんが加わると最強のおしゃれ軍団。そこに加わるのがどんなに大変か、わかっていただけますか？

そもそもパッキングを始めたのが前日の真夜中。ちゃんと旅の服装計画を練りコーディネイトしなくてはいけないのはわかっている。が、寝室のクローゼットでごそごそ始めると、寝ている夫から怒鳴られる。

「夜中にうるさいだろーが」

そうでなくても妻が遊びに出かけるのが気にくわないのだ。仕方なく、そこらへんにあるものをひっぱり出す。何だったらあっちで買えばいいと思う不精ったれ。

おまけに大変なことが起こった。一月のシンガポール旅行の際に、新しくこぶりなスーツケースを買った。その鍵の番号をすっかり忘れてしまったのだ。

「×××？」

いつも使っている番号を押すが反応なし。

「△△△？　○○○？」

誕生日やいろんな番号を駆使する。原点に戻って000や111にするがやっぱり違う。

こうしている間に明け方近くなり、夫のスーツケースを借りることにした。そして大急ぎで洋服を詰め込んだのだ。

こんな私なので、朝みんなと会うととても気まずい。

「どうしてみんなこうとっかえひっかえ着替えるんだ!?　しかもアクセまで全部替えて」

と私は尋ねたくなるのだが、あちらにしてみれば、通販のものを芸もなく着る私を見て、

「どうしてこんなに手を抜くの」

という感じなのであろう。

見ているとみんな大ぶりのスカーフをしている。暑いので薄いシフォンのスカーフを首に巻いたり、あるいはアヤコさんみたいに肩に巻きつけたりする。ふーん、なるほどねぇ。

二日めは、占いをする二人といったん別行動。アヤコさんと二人、セリーヌのお店

に出かけた。おめあてのサングラスはなかったけれど、流行のメタリックなものを購入。

「私と同じのニューヨークにあるか見てきてあげるわ」

だって。本当にやさしい人だ。ついでにお昼ごはんの時、

「練りのチークの入れ方がわからない」

とか図々しいこと言って、しっかりやってもらっちゃった。

それにしても女四人、食べるのが大好きな私たち。評判のレストランに昼と夜行ったが、

「これとこれを食べなきゃダメ！」

とホリキさんに連れていかれ、夏限定のマンゴーかき氷、ピーナッツ餅、カボチャとお芋、白玉のスイーツを食べに食べた。そのどれもがおいしい。

夜は当然エステに、帰る日は台湾シャンプー。しかもアヤコさんのメイクアップレッスンをしてもらい、大満足の台湾旅行。次にアンアンで特集する時はお役に立ちますぜ。

いけないことは、
楽しいこと
bijo wa tenka no mawarimono

蘇る記憶

昨日夜遅くまでかかって、美女入門シリーズパート15『美女は飽きない』のゲラ直しをした。

ゲラ直しというのは、ゲラ刷といって製本する前の印刷した紙で、それを一ページ一ページ、たんねんに見てチェックしていくわけ。

今から二年前の連載を読んでいく。驚いた。いたるところに、

「ダイエットがうまくいって」

という文字が見られるのだ！

この頃私は週に三回はジムに通い、そしてハリの先生のところで処方してもらって

いた、まずいまずい漢方薬を飲んでいた。これは新陳代謝をよくし、食欲を減退させるものである。

さらに月に二度は、芸能人も通う原宿のパーソナルトレーナーのところへ行き、ウォーキングや姿勢を細かくチェック。

「ハヤシさんの歩き方はヘン。外側しか使っていない。だからももの内側がこんなにぷよぷよしているんです」

と厳しい指摘を受けた。そして、

「いつでもどこでもやれる効きめバツグン」

のストレッチのやり方も教わった。

かかとをつけ、腕を横に伸ばし、お腹を前後に揺らすのだ。

そう、そう、この頃私は「ビューティーキャンプ」という小説を連載していた。ミス・ユニバースの日本大会を前に、二週間の合宿をするファイナリストを描いたものだ。

このために何人もの美女と会い、お話を聞いた。世界大会が開かれるラスベガスにも取材に行った。ここで当時、事務局長をつとめていたトランプさんに会った。というよりも廊下ですれ違ったっけ。

そして日本事務局のトップをしていた、あのイネスさんにもお会いしたのである。イネスさんが目をかけていたファイナリストの一人は、こんな証言をしていた。

「日曜日の朝、自分の部屋でくつろいでいたら、突然チャイムが。イネスがブランチを食べようと誘いに来たんです。その時私、髪がボサボサでジャージだったんですが、イネスの怒ること、怒ること。私、言ったんです。部屋では私ひとりですよ。他には誰もいませんよ。だけどイネスはこう言いました。あなたがいるでしょう。あなたが見ているでしょう。って」

何という素晴らしい言葉であろうか。イネスさんにこの話をしたところ、

「そう、女性はひとりでいても、絶対にひとりじゃないの。自分が見ているのよ」

とおっしゃった。

あぁ、私はこんな黄金の言葉をいっぱい聞き、ジムにも通っていた。それなのに、自分の原稿を読むまではすっかり忘れていたのである。私以上に忘れていたのが、私のカラダ。見よ、なんの片りんもない。すべての記憶を忘れ去ってぷよんとしている。

本気でライザップに行こうと思ったが、あそこはかなり厳しいと聞いていたので、いつものクリニックに。そこで私はビタミンがまるで足りていない、と診断されたことはすでにお話ししたと思う。

痩せたい、痩せたい、痩せたい、痩せたい。これほどまでに切実に思ったことはない。体重は人生最高値に到達しようとしている。

いつもこんなことばかりやっている私の人生って何なんだろうか。もしかして、私は一生「痩せたい」と願いながら死んでいくのではないか。

そうそう『美女は飽きない』には、秋元康さんのこんな言葉も。

「マリコさんって、痩せ期があって、リバウンド期、太っている期、この三つだよね」

記憶に残っているのは「太っている期」だけだそうだ。

いや、いや、暗い話はよそう。台湾で食べまくりをやり、おそるおそるクリニックに行ったところなんと二キロ痩せていた。これは、〆めのチャーハンやおそばを食べなかったこと、うんと歩きまわったこと、サプリが効いたことによるものだろう。

やっと見えてきたひと筋の光。

が、すぐ調子にのるのが私の悪いところ。

台湾旅行のあと、鹿児島、奄美大島へ四泊の旅へ。ここでもおいしいものがどっさり。黒糖焼酎は糖質が低いからいいとしても、暑いところはビールがおいしい。東京では飲まないのにぐびぐび。毎晩飲んで食べてお祭り騒ぎ。

おまけに奄美はスイーツが充実している。昔からの黒糖菓子や、私の大好きなサーターアンダギーもふつうに売られている。黒糖をまぶしたバナナやピーナッツも、ひと口食べるとやめることが出来ない「悪魔のスイーツ」。

しかもここには有名なアイスクリーム屋さんがあって、黒糖や果物、山羊ミルクを使ったものがめちゃくちゃ美味である。Wでのっけてもらった。

そして家に帰り、おそるおそるヘルスメーターにのったところ、台湾のような奇跡は起こらなかった。ちゃんと一キロ増えていたのである。

なーんてことを書いてこの連載は続く。二年後、私はゲラ直ししながらどう思うのか。

「ヤダ、あの頃はデブだったのね～」

と笑えるようにしたいものだ。

戦友の〝卒業〟

仲よしのA子さんは、誰が見てもはっきりと太ってきた。元々小柄だから目立つ。

「お願いだから、あなたが行くクリニックに連れていって」

と頼まれたことは既にお話ししたと思う。

私が最後の綱と頼むその肥満クリニックは、血液検査やいろいろなことをしたうえで、その人にいちばん向いているサプリや薬を処方してくれる。基本は糖質カットであるが、ちゃんとやればみるみるうちに痩せてくるはずだ。

何よりも励みになるのは、

「こんなにお金がかかるなんて！」

という思いであろう。保険がきかないのでかなり高い。

何か食べようと思っても、使ったお金のことを考えるとぐっと我慢出来るのだ。A子さんは私から言われて覚悟していたものの、請求書を見てびっくり。

「カードがきいたからよかったものの、予想以上だった」

とぼやいていた。聞いてみると、なんだか私の二倍以上かかっていた。

これ以上払えないワと彼女は頑張って頑張って、糖質を徹底的にカットした結果、一ヶ月で三・五キロ痩せたそうだ。そして昨日、再びクリニックに行ったら、

「卒業です。もう来なくてもいいですよ」

と言われとても喜んでいた。

「卒業」だって……。私はここに通い始めてもう七年になる。痩せたり、リバウンドしたり、の繰り返し。が、相変わらず標準体重からはほど遠い。「卒業」というシステムがあることさえ知らなかった。せっかく二人で仲よく励まし合ってやっていこうと思ったのに、私だけ取り残されてしまったではないか……。

そして私は孤独な戦いを始めることとなった。

朝はヨーグルトと糖質オフのパンとサラダ、豆乳に甘酒をちょっぴり加える。

問題は昼ごはん。ダイエットをしている人は、みんなこのランチ問題に直面するの

ではないだろうか。家にいる時は何とかなるし、一人きりだったら、コンビニでサラダとゆで卵を買えばいい。

困るのは人と食べる昼ごはんだ。定食、おそば、うどん、ラーメン、パスタ。日本のランチは炭水化物で出来ているといってもいいだろう。昨日、私は出版社に用事があり、お昼どきとなった。

「ハヤシさん、うちの前においしい中華屋さんが出来て、担々麺がイケますよ」

「そんなのダメ」

「鰻の出前とりましょうか」

「それもムリ」

などと言い合っていたら、女性編集者が二人、

「私たちも炭水化物やめたい」

と言い出してくれた。ということで、ランチタイムの終わった中華料理店に行き、マーボー豆腐、酢豚、野菜炒めなど四品を頼み、これをシェアした。もちろんご飯なし。これでは足りなかったようで、一人いた男性は担々麺を足していたが、皆大満足。

このように協力者が出てくると、ダイエットもやりやすくなる。

ところでライザップの広告のため、石田えりさんがビキニになった。

石田えりさんと聞いても、若い読者はピンとこないかもしれないが、グラマラスで演技派として大変人気の高い女優さんであった。あった、などというのは失礼な言い方で、今も活躍されている。

名作映画「遠雷」で、あっけらかんとヌードになっていたが、そのボディの素敵なことといったらなかった。胸はバーンとあるしウエストはくびれていた。が、彼女も五十代となり、それなりのおばさん体型となっていた。それを今回、ライザップの力によって、ナイスバディにしたわけだ。ビキニを着て肌を灼いてる。すごいプロポーションだと話題となっている。

しかし「週刊朝日」でドン小西さんは、

「少しもそそられない」

と手厳しい。

「年増のコクがない。若いコの真似をしてどうする」

と言うのである。

私も同意見である。ようく見ると肌にハリが失くなっているのだ。そういえばかなり前に、亡くなられた島倉千代子さんが水着姿を披露したことがある。水着といっても、おとなしいセパレーツ。それを恥ずかしそうに着るお千代さんの色っぽかったこと……あれはきっと多くの男性をそそったに違いない。

目ざすのはアレだなと、エラそうに頷く私。デブから「ぽっちゃり」になれればいいし、洋服のファスナーがちゃんと上がればいい。

いくつかのショップからメールや手紙が届く。

「ハヤシさん、新作いっぱい入ってますよ。見に来てくださいよ」

もう少し待ってくれ、と私はつぶやく。そう、あと二ヶ月したら私はあと七キロ痩せているはず。そしてその頃には、印税もちょっと入ってくるはず。えぇ、買いますとも、いっぱい。私のお買物欲は永遠に「卒業」することはないからだ。

気が抜けないね

東京に住んでいる楽しさは、いろんなお店に行けること。流行のレストラン、話題の和食屋さん……。

昔話をするのはナンであるが、若い頃いつも遊んでくれたマガジンハウスの編集者。彼らはいかに素敵なお店をキャッチするかが仕事であるから、そりゃあいろんなところへ連れていってくれたっけ。

えー、こんなところにこんなお店が……と驚くような隠れ家的なところに行くのは、本当に楽しかった。

なにしろバブルの頃、有楽町のビルの下に、とんでもない異空間が登場した。地下

に降りていくと林が出現し、その中に離れがぽつぽつとある。これは料亭なのだ。テツオと広尾を歩いていたら、ボロっちぃ畳家があり、「会員制クラブ」という小さな看板が。

「面白そうだから入ってみよう」

ということになり、テツオは名刺を差し出した。当時は「アンアン編集部」という名前があれば、どこもOKだったはずである。

それなのに、畳家のニイちゃんは、

「会員制ですから」

ときっぱり断わるではないか。

「ひどーい」

「どうして？　ケチ」

と二人で言い合ったのを昨日のことのように思い出す。

このあいだ、アナウンサーの人の話を雑誌で読んだら、食事の時は必ず個室をとるという。まわりの人たちは、話を聞いていないようで聞いてる。イヤらしく会話を聞いてネットにあげたりするそうだ。もっとひどいことになると、尾行してきた週刊誌の記者が張っていたりすることもある。

アナウンサーでもこんなに大変なんだから、ましてや芸能人なんて、本当に気を遣う。

ついこのあいだのことであるが、某スターの方と食事をすることとなった。こちらがお誘いしたので、お店を考えなければならない。

「もちろん個室にしてね」

と間に入った友人からメールが入る。

人数は、その人とマネージャーさんと、友人二人と私、全部で五人である。

「どこにしようか」

と皆で相談する。もちろん個室のあるお店は東京にはたくさんある。しかし焼肉屋、高級居酒屋といった感じで味はイマイチかもしれない。そうかといって、和食の名店、フレンチの星つきといったところは、何ヶ月も先まで予約でいっぱいだ。

「それならタレントの○○が新しくつくった豚しゃぶしゃぶの店があるよ。あそこはみんな個室だよ」

しかしなぁ、スターさんとお話しするのに豚しゃぶしゃぶ。お箸が一緒になって、神経質な人はイヤかもしれない。

その時、思い出す店があった。友人が連れていってくれたおそばのカウンターの店である。このあいだ京都にクマ肉を食べに行ったけど、もっと花山椒が欲しかった、という私の友人がネットで調べたお店だ。確かに花山椒はどんぶり一杯出た。それで牛のしゃぶしゃぶをしてもらった。すごくおいしかった。しかし値段は高かった。ワリカンだったが、のけぞるような金額だ。

あれで五人分となるとかなりイタい。私は電話をかけた。

「もっとふつうのコースでお願いします」

すると、

「カウンター八席、貸し切りにするからには、かなりの金額にしてもらわないと」

という話であった。

こうするうちに日にちが近づいてくると、友人たちもそわそわしてきた。

「彼はいつも週刊誌が尾行している。もし何か写真を撮られたら大変」

「えー、でも会うのは私たちオバさんばっかだよ」

「でもね、彼は今注目のヒトだから」

詳しくは言えないが、確かにいつも注目されている。そんなわけで六時半スタートであるが、私たち一般人は六時に現地集合となった。

「いったい誰がくるんですか」

とお店の人たち。

「すごくものものしいですね」

わかりづらい店なので、時間が近づいたら、お店の若い人に外に出てもらった。そうしたら、時間ぴったりにその人とマネージャーさんがいらした。サングラスをかけてものすごくカッコいい。

そして楽しい楽しい会食が終わったのであるが、出ていく時も私たちはすごーく気を遣った。タクシーを横づけしてもらい、スターさんに帰ってもらった。

「すんごい楽しかったけど疲れたねー」

私と友人はそのあとバーに入って、ウィスキーをぐびぐび飲んだ。

「有名人って、いつもかわいそう。個室の人生だよね。つき合うとすぐにどっちかの部屋に行くのも仕方ないか」

私たちのいいとこは、若いコと違っていっさいSNSをしないとこですよね。

ようやく！

糖質制限とビタミン類のサプリが効いて、一ヶ月半で何と四キロ減った。この嬉しさをわかっていただけるだろうか。

今までは何をやっても、ピクリとも動かなかった体重が、明るい方向に向かっているのである。スカートもちゃんとファスナーが上がるようになった。パンツ類はまだ全滅であるが、本格的な夏までにはなんとかなるであろう。

おかげで毎日が楽しい。気持ちがパーッと晴れるというのはこういうことを言うに違いない。今までデブになるばかりの人生に、ひと筋の光が射したのである。

こうなって気になるのが、バーゲンのお知らせだ。担当の店員さんから、

「ハヤシさん、特別VIP50パーセントオフのセールが、金曜日から始まります」

とメールが入ってくるようになった。

私は脚本家の中園ミホさんを誘った。今、仕事が忙しくて外に出る暇もない。たまには息抜きしようと誘ったのだ。

カフェで待ち合わせしたら、いつものようにプリント柄のカシュクールのワンピ。私には絶対に着こなせないものだ。体の線がわりと出るためスタイルがよくなくてはならない。しかも私は、プリント柄が全く似合わない女なのである。昨年、花柄のウエストギャザーのワンピをバーゲンで買ったら、皆から、

「悪ふざけしているみたい」

と笑われた。

「だけど私は無地がまるっきり似合わないの」

と中園さん。友だちから、

「男の気をひこうとしてプリント着てる」

とイヤ味を言われたそうだ。そういえば彼女はたいてい柄ものだ。魔性の女は無地なんか着ないんだ。

ここのバーゲンで私はカゴを買った。不思議なことにカゴはカゴという。ストロー

バッグとはあまり言わない。なぜなんだろう。

大人が似合うカゴはなかなかないから、私は見つけ次第すぐ買うことにしている。二年前に買ったドルガバのそれは、可愛くて細工も凝っていた。しかし、夏中使い倒してかなりくたびれている。だからエイ、ヤと新しいカゴを買うことにした。これはバーゲンになってもかなり高かった。そして私は別のものに目が。それはストローでつくったお人形のチャームなのだ。

「これ可愛い！」

いただくわ、と言って念のために聞いた。

「お幾らかしら」

これはバーゲンになっていないんですよと、店員は言いづらそうに言った。

「五万二千円です」

「えー！」

のけぞる私。こんなちゃちい、と言ったら失礼であるが素朴なものが五万円だなんて……。

南国風のドレスを着ていて、ハワイのお土産屋で十ドルぐらいで売っていそう。しかし可愛い。すごく可愛い。私のカゴにつけたらどんなに素敵だろう。やっぱり買っちゃおう！

「ハヤシさん、このワラ人形、めったにつくりません。買ってくださって嬉しいです」

やだ、ワラ人形だって。

「私がこの人形に毎晩五寸釘さすみたいじゃん。せめてストロードールとか言ってよ」

店員さんと笑い合った。

しかしお人形さんを買いに来たわけではない。やっぱり着るものも買っていかなくてはと、かなりお派手なプリント柄のスカートを手にとった。これはウエストがギャザーになっているので何とか入りそう。それを持って試着室に入る。

予想していたが全然似合わない。太っている者がフレアを着る。それもかなり無理なサイズで。そうすると落下傘のように拡がる。ものすごくみっともない。

私はワンサイズ上の、ごくおとなしいグレーのスカートを買うことにした。

一方、中園さんは、プリント柄のブラウスをご購入。お揃いのスカートもいかがと店員さんは言った。彼女はいつものサイズを試したが、ややきつかったようだ。もう一つ上にもトライする。が、やや不満があったようだ。

「もうワンサイズ上のものを」

と手にとったのが、そお、さっき私が着たものなのだ。結局それにしたのであるが、彼女はある事実に愕然とする。

「私って、スカートのサイズがマリコさんと同じだったのね……」

ものすごいショックだったようだ。スカートひとつで、私たちの友情にヒビが入ってはならない。私は必死で言いわけする。

「それウエストがギャザーだから、ちょっと試しただけなの。私だとまるでサイズが合ってない。拡がり過ぎてすごくヘン！」

ホッとしたような中園さん。そりゃそうですよね、私のウエストと同じと言われちゃ。やや傷ついた私は、その夜中ワラ人形……じゃなかったストロードールを、さっそくバッグにつけました。

おニューのサングラス

雑誌をめくっていたら、

「昨年のサングラスをするなんて」

という見出しがあった。

あら、そうなの、昨年のをしちゃいけないんだ。やっぱり、水着を毎年買うようなもんかも。こういうのって、絶対に業界の陰謀だと思うけれどもなぜか気になる。そしてつい新しいサングラスを買ってしまうんですね。

五月に、いつもの仲よし三人組で台湾を旅行したのはお話ししたと思う。そこにニューヨークからアヤコさんが加わった。台北にADDICTIONが進出することに

なり、そのお披露目のためだ。

その時アヤコさんがものすごく素敵なサングラスをしていた。縁が太くてかなり大ぶりなデザイン。

「いいな、いいなァ」

「今年のセリーヌよ」

そんなわけで二人で、台北のセリーヌに出かけたのであるが、おめあてのものがなく別のものにした。

あれから二ヶ月、すっかりサングラスのことを忘れていたが、おとといアヤコさんからＬＩＮＥが。

「今、東京にいます。銀座で同じものを見つけましたよ」

何とあのサングラスの写真があった。

なんてやさしいアヤコさん。私が欲しがっていたのを憶えていてくれたんだ。

さっそく教えられたショップに行ったところ、店員さんが私の顔を見てニコニコ、

「アヤコさんから聞いてますよ」

だって。すぐに来てよかった……。

そんなわけでやっと手に入れたサングラスであるが、かけてみてわかった問題が。

扁平な私の顔は、鼻のつけ根がとても低い。よって、外国製のグラスはすぐにずり下がってくるのだ。特にこの形は下がりやすい。

このサングラスをかけて昨日、私はバーゲンで買ったジル サンダーのワンピを着た。すとんとしたラップ型のワンピには、NYのABCカーペット&ホームで買ったペンダントをたらす。これはアンティークではなく、ストックものだと思う。ものすごく可愛い。皆に誉められる。

靴はかなり前のプラダのグラディエーターサンダルだけど、色がワンピにぴったり。我ながらよく出来たコーディネイトだったはず。最近失敗続きだったのでとても嬉しい。残念なのは、ノースリーブのワンピから見える私の二の腕。カーディガンで隠すとオバさんっぽくなるので、軽く羽織ることにする。そして例のワラ人形をつけたカゴを持った私は、さっそうと地下鉄に乗った。気取って吊り革を持つ。が、サングラスが十秒おきにずり落ちてくるではないか。ずっと指でおさえてましたよ。

さて、アヤコさんの今度の来日の目的は、ADDICTIONの新商品披露だって。ファンデーションの新色が披露されるのだ。

「マリコさんに合う色を選んであげる」

ということで、発表会前に出かけた。

実は私、この五年ぐらいファンデーションを使っていない。肌に何かを塗る感じが好きではないのだ。

しかし夏に向かって、やっぱり素肌のままでいるのもリスキーかなぁと思っていたところ。アヤコさんは、陽の光の下で私の肌に何色か試してくれた。そして、

「うーん、十番ね」

と決断を下した。この番号のファンデーションをお土産にくださるそうだ。わーい、ありがとう。

この夏はばっちりメイクもして、うんとおしゃれもするつもり。手を抜こうとすると、いつもおしゃれ番長たちが私を叱ってくれる。

「ちょっとォ、こんな格好で外に出ちゃダメ」

「サンダルが合ってない」

「そのコーデ、おかしい」

口に出しては言わないけれども、自分たちのファッションで、私に注意してくれるのである。

ところで使わなくなったサングラス、どうしてますか。私は昔から玄関横のピアノの上に鍵とサングラスを置くクセがある。一年に二個買うこともあるので、ケースご

と六個並んでいる。三年前のサングラスはほとんどケースを開けることがない。もったいない。イトコにあげようかな、しかし山梨でこんなトムフォードのサングラス目立って仕方ないはず。「メルカリ」にでも出品しようかな、形が古いから売れないかな。それにサングラスには思い出がついてまわる。買ったのはほとんど海外でだし、売ったり捨てるのはちょっとなぁ……。

思い出といえば、私は男性のサングラスは似合うことが条件であるが、もちろん大好き。しかしメタル系をかけられると突然用心してしまう。私とは世界が違う遊び人、という感じがする。

昔、昔、ちょっといい感じになった男性とドライブに出かけた。そうしたら彼が突然キャップをかぶり、メタル系をかけるではないか。なんかちょっと違うなーと思い始めた最初。結局はうまく遊ばれたという感じであったか。あれは芸能人以外しちゃいけないと思う。

さすがね、メラニア！

女と生まれたからには、一度は歩きたいレッドカーペット。

実は私、一度だけある。かなり前、私の原作でドラマがつくられた。人気俳優さんをずらり並べた豪華な配役である。その時、アメリカから超有名なロックグループが来日し、そのコンサートにちょっとあやかることに。なぜならそのロックグループのヒット曲が、ドラマの主題歌になっていたからだ。

当日劇場の前に敷かれたレッドカーペット。まわりには人がいっぱいだ。そこを俳優さんたちが歩くことになった。芸能人はいいけれど、私はどうしたらいいのであろう。そもそも私は緊張すると、足がちゃんと動かないのだ。

しかしその時、二枚目で有名な、ある俳優さんが私に声をかけてくれた。

「ハヤシさん、一緒に歩こうね」

そして腕を貸してくださったのだ。あの時のことを考えると、有難くて涙が出そう。

なぜならあるつらい思い出があったからだ。

それは昔、昔、バブルの頃と思っていただきたい。日本の出版社がブロードウェイでミュージカルをつくった。それを見てくださいとニューヨークに招待された私。そのミュージカルの初日、私の隣りの席は空になっていた。言ってはナンだけど、初日のVIP席である。きっと大切な招待客に違いない。

そして一幕が終わった頃、その席に一人の女の子が。日本人であった。可愛いけどカジュアルな格好をしている。フォーマルな客ばかりの中で、ものすごく目立った。

「この女の子、いったい何者なのか」

私は知りたくてうずうずしてきた。どうしても我慢出来ない。ついに尋ねた。

「日本からいらしたの」

「えぇ、まぁ……」

「失礼だけど、〇〇（出版社の名）とどういうご関係なのかしら」

しかしそれには答えない彼女。若いくせになんかふてぶてしい。

彼女の正体がわかるのは、日本に帰ってからだ。あるハリウッド大作の試写会があり、それに招かれた。その前にカクテルパーティーがあり、彼女は作家の△△さんと一緒に来ていた。△△さんは若手の売れっ子。当時の出版界のスターである。彼女は△△さんの愛人だったのだ。ニューヨークの初日には彼が招待されていたのだが、急に行けなくなり彼女が行ったに違いない。

「このあいだニューヨークでお隣りだったわね」

私が話しかけると、曖昧な返事。礼儀もなく可愛気のない女の子だ。△△さんは才能ある人であるが、以前から女の趣味が悪いので有名だ。パーティーにもヘンな女の子を連れてくることがあった。

やがて試写会が始まり、招待客は劇場へと歩き出す。カメラマンがいっぱいだ。私はその前を△△さんと歩くつもりであった。

だってそうでしょう。彼には奥さんや子どもがいるんだし、作家同士私と歩くのがふつうでしょ。

しかし△△さんは速度を落とし、なんとか彼女と肩を並べようとするのである。

「あれっ」と思い、途中で立ち止まると彼も立ち止まる。笑ってしまうぐらい露骨であった。

そして私はわかった。男というのは、危険を冒してもこういう時に美人と歩きたいものなんだ。私とじゃイヤだったんですね。そうですか……。

ところで、私、ジョージ・クルーニーの奥さんが嫌い。ものすごい美人でファッショナブル。そのうえ有名な人権弁護士ということだ。最先端のブランドのドレスを着て、夫と一緒に歩く。女優さんよりもずっとカメラのフラッシュを浴びる。なんかいけすかない。

「私っておツムも相当なもんなのよ。このレッドカーペット歩く女優なんかよりずっと頭いいんだから。だけど女優よりずっとキレイでしょ。素敵でしょ」

と言っているような気がするからである。たかがスターの奥さんではないか。そんなに出しゃばるなと私は言いたい。言いたいと思っていたら、今度双児を生んだとか。なんかなあ……。もう妻の座テッパンですかね。

私がこのところ注目しているのは、トランプ大統領の夫人、メラニアさんである。あの人、確か移民出身で、モデルをしていた時に見そめられたと聞く。

ものすごい美人で、大富豪の奥さんになったと思ったら、アメリカのファーストレディ。こんな運のいい人はいないと思うのであるが、少しも幸せそうに見えないのはなぜだろうか。いつもうかない顔をしてる。一人息子も最近とても暗い表情だ。

メラニア夫人は、元モデルだからすごいプロポーション。しかも大金持ちだからお洋服とっかえひっかえ。このあいだ、首脳会議に行く夫につれ添って飛行機に乗った。その時ガウチョに十センチのヒール。その高さで飛行機のタラップを難なくのぼり切った。私は感動した。大統領専用機のタラップを、ファッションショーのランウェイに変える女。この人やっぱりすごいかも。

愛を綴る女たち

松居一代さんの騒ぎには、本当にびっくりしてしまった。

私は披露宴にも招待され、彼女の美しいウェディング姿も見ている。本当に幸せそうで輝いていた。あの時、ある人が言ったっけ。

「船越英一郎さんっていうのは、強い女の人に束縛されるのが大好き。だからきっとこの結婚はうまくいくよ」

今度の一件でも、別の男友だちからメールがあった。

「ああいう強くて怖い女が好き、っていう男は結構いるんだよ」

あたりを見わたすと、私のまわりにもかなりいる。毎日スマホチェックされて、そ

れが愛情だと思う男の人。奥さんに灰皿で叩かれて、腕の骨を折った友人は、

「ちょっといろんなことがバレて」

と得意そうだ。それだけ愛されていると言いたいんだろう。

「奥さんに門限決められて」

とニヤニヤするのは親しい友人。二時間ごとに、まわりにいる人と風景を写メして、送らなくてはならない男の人もいる。

うまくいっている時はいいのであるが、別れると「やっぱりね！」の大合唱。

こんなことをする私って、相当性格が悪いのであるが、最近本棚から、

「あの時、あの人はああだった」

というテーマで本を見つけるのがやみつきになった。きっかけは偶然、ある有名人女性の「愛の手記」を見つけたことだ。もう二十年前の出版だ。彼女は病気で亡くなったのであるが、夫は実に献身的に看病し、その夫婦愛は感動ものであった。彼女の死後、二人に関する本が何冊か出たほどだ。ところがそのダンナさんは、後でわかったことであるが、彼女の闘病中、別の女性とつき合っていた。そしてすぐに再婚するのだ。その知識があって「愛の手記」を読むとかなりつらい。夫への愛と感謝に充ちているからだ。

また別の有名人女性は、ものすごい本を残している。自分の夫がいかに素晴らしいか、自分たちがいかに愛し合っているか、という本だ。私はその夫をよく知っていた。どう見てもキモいおじさんであった。しかし彼女の筆にかかると、

「ものすごい教養の持ち主で、思いやりに溢れ、ユーモアのセンスがある紳士」

ということになり、これでもか、これでもかと新婚のエピソードが書かれている。

私は物書きとして、

「どうしたらあの男を、これだけ美化して書けるのか」

と驚いたものだ。

が、この二人もとっくに離婚している。

このテの本が、何冊も本棚から発見されるので、面白くてつい読みふけってしまうのだ。そういえば私も新婚時代、『林真理子のウエディング日記』という、こっぱずかしい本を書いている。自分の著書から抹殺したいものを選べ、といわれたらまっ先にこの本をあげるだろう。

本当に消してしまいたい！　どうしてあんな本を書いたんだろう。泣きたいよ。が、私の場合、まだ結婚生活は続いているのだから、なんとか許してくださいよ。お願いします。

「愛は消える」。これは真実だ。たいていの恋愛に別れがくる。別れを何度か繰り返すうちに、運よくジグソーパズルがはまるように出会いがある。そしてまあ結婚するわけだ。が、結婚しても安心は出来ない。かなりの確率で離婚ということになる。

「だったら恋愛も結婚もしたくない」

という若い人は多い。そういうことをして傷つきたくないというのである。

その気持ちもわからないではないが、やはり恋愛はいいもんだよなあ、と思う今日この頃。だってあんな幸福な時はないからである。友だちや趣味や食べものだと、あんなしびれるような幸福は味わえない。

「生きていてよかったー」

と心から思える時である。

だから相手の心変わりは本当につらい。

「生きていても仕方ない」

と思うぐらいつらい。が、耐えて耐えて、なんとか失恋から立ち上がると、また別の出会いが待っている。そしてまた幸福がやってくる……。この出会いを繰り返しているうちに、何人かは結婚し、何人かはそのままおばさんになっていく。

私のまわりのおばさんの中には、六十を過ぎてこの「繰り返し」をまだやっている人が何人もいる。誰にも出来ることではないと、私はいつも感心してしまうのだ。

そのうちの一人は言った。

「男の人がいなくては、一日も生きていけない」

それはセックスのことではないのよ、と念を押された。精神的にいつも必要なんだと。ふーむ。恋愛依存症ですね。なんて濃い人生。過去のつらい恋も全く身にしみてない。恋による心の傷は、実はそんなに痛くないって知っているんだ。

だからまた新しい彼との愛の日々を、本にするに違いない。

それ、欲しい

今日は毎月行われる勉強会の日であった。

勉強会というのは、私が今連載をしている小説「西郷どん！」の主人公、西郷隆盛についてレクチャーを受けるのだ。資料を元に、大学の先生からあれこれ教えていただく。

学生時代は、これほど勉強しなかったと思うぐらい、真剣にねちっこく、歴史に取り組む。

そして二時間近い会の終わり頃、脚本家の中園ミホさんが言った。

「これから、ドラマのセットを見に行くんだけど行く？」

行きますとも。ドラマのセットを見るなんていうことは、地味な毎日をすごす私にとっては夢のような出来ごと。一緒にいる編集者たちも色めき立った。

「私たちも行ってもいいですか」

そんなわけでみなでNHKへ、と思いきや高速に乗って世田谷の砧へ。ここの映画スタジオで、大河ドラマ「西郷どん」のセットが組まれているのだ。

行ってみて驚いた。小さな集落が出現しているではないか。大きな家があり、納屋があり、川が流れている。納屋の二階にニワトリがいて、

「よく出来たつくりもの」

と思って見ていたら本物であった。

囲いの中には本物の豚もいる。川の中には本物の魚も。

そしてスタジオの中には、本物の鈴木亮平さんも永山瑛太さんもいる。主役の鈴木さんはすっかり体をつくっていて筋肉がすごい。タテヨコ大男になっているのだ。瑛太さんのカッコいいことに驚いた。テレビで見ていても素敵と思っていたが、実物ときたらもう……。端整なきりりとした顔に、武士の扮装がぴったりだ。

「写真撮ってもらいなさいよ」

とお母さん役の藤真利子さんにそそのかされ、しっかりツーショットを撮ってしま

った。

この「西郷どん」は、このほかにも青木崇高《むねたか》さん、渡部《わたべ》豪太さん、堀井新太《あらた》さんとか、今が旬の若手俳優がいっぱい出ている。先日顔合わせがあり、彼らはコの字型に配した机の私の前にお座りになったが、それはもう壮観であった……。

一生懸命仕事をしていれば、こういうこともあるんだなあとつくづく思う。

さて本格的な夏がやってきた。夏も盛りになると、散らかっているわが家が、だんだんつらくなってきた。テーブルや床にものが置いてある。すっきりと片づいていない、ということは、これほど人をイライラさせるものであろうか。

「いい加減にしろ」

たまりかねた夫が怒鳴った。

「この玄関をまずなんとかしてくれよ」

入ってすぐの床には、ぎっしりと靴が並んでいる。

この家をつくった時、靴の収納をよく考え、壁の一角を靴箱にした。

「ハヤシさんがいくら靴を買っても大丈夫ですよ」

と建築家は言ったものだ。しかしあれから月日はたち、靴は溢れ出して床いっぱいになっているのだ。

何度もお話ししていると思うが、私の足はものすごく幅広い。であるからして、履ける靴があるとすぐその場で買ってしまうのだ。だから増えるばかり。

しかし私もこの惨状を見て、何とかしなければと思った。そして朝の二時間、靴の整理をすることにした。

通販で買った、プラスチックの靴置きをちゃんとセットする。二段になって靴をしまえるやつだ。

そしてびっくりした。片方だけの迷子ちゃんが四足分もあったのだ。片割れはいったいどこへいったのであろうか……。

それにしてもわれながらすごい靴の数である。このあいだ歌姫の浜崎あゆみさんが自宅を公開し、靴箱を見せていた。あれにはとても及ばないとしても、やはりかなりの数。

私は靴が大好きなので、人の靴が気になって仕方ない。私のまわりでいちばんの〝靴美人〟といえば、中井美穂ちゃんであろう。いつも流行のものをさりげなく履いている。このあいだは甲をおおう型のサンダルを履いていて、それがゆったりしたAラインのワンピにぴったりだった。

「いいな、いいな。こんなの一度履いてみたい。でも甲高、幅広の私には無理」

「えー、私もそうだけど、このサンダル、ものすごく履きやすいですよ」

そのサンダルをこのあいだセリーヌで発見した。店員さんが言うには、

「中井さんのお友だちがみんな購入なさいます」

ということであった。私も欲しくなったが、迷った揚句、白いバレエシューズの方にした。これも友人が履いてたもの。なんか靴からは特別なおしゃれ光線が発せられていて、まわりはすぐそれに感化される。

今日、黒のパンプスを履いていたら、中園ミホさんが、

「それ丸いトウが可愛い。私も欲しい」

と言い出した。

こういうのってすごく楽しい。

〝人の目〟の威力

先日、とある有名お鮨屋さんのカウンターに座った。大人気の店で、友人が行けなくなった席を譲ってくれたのである。おいしい握りを頬ばっていたら、隣りでカシャッカシャッという音が。そう、女の子がずっとスマホで写していたのだ。

そりゃ、めったに来られない有名店であるから、ＳＮＳにあげたい気持ちはわかる。しかし一貫ごとにすべて、じっくり撮るのってどうなんだろう。まわりにいる人たちも音が気になるし、すぐに口に入れられることなく、ほっとかれてるお鮨もかわいそう。

なんていうことを書けるのも、私がこの頃ブログをやっていないからであろう。以

前は個室に限ってのことであるが、時々写メしてた。一緒にいた人から、

「そういうの、フードポルノっていうんですよ」

と注意されたこともある。

しかし今はそういうこともないので、すっきり楽しくお食事出来る。

そして今日のこと、スマホの中の写真を探していて気づいたことがある。昨年（二〇一六年）の方が、ずっとオシャレしているのだ。

特にニューヨークに行った時など白と黒のモノトーンで決め、サングラスもばっちり。コーディネイトもよーく考えている。

そう、ブログに毎日出ると思うと、かなり気を遣っていたのである。私のブログはたくさんのフォロワーがいた。着ているものについても、いろいろお声を寄せられた。

「マリコさん、今日のワンピ素敵です」

という好意的なものが大半であったが、中には辛らつなご意見が。

そうか、最近よく言う「リア充」というのはこういうことか。日常生活をものすごく素敵におくっていると人に思わせたい。そのため、みんなせっせと写真映えのするパンケーキだのかき氷のお店に行く。少しでも「いいね」と言ってもらいたいのだ。

しかし一緒に写っている自分もカッコよくなければね。修整しても限界がある。や

はりおしゃれに見えることが大切だ。

　一年前の私は、知らず知らずのうちに、ちゃんとそのことを意識していたんだ。朝、洋服のことを考える時、ちゃんと人目を気にしていたんだ……。

　この頃会う人ごとに、

「ブログ再開してください」

とお願いされる。そろそろ考えようかな。

　さて以前、

「花模様が全く似合わない」

とこのページで書いた。悪ふざけのようになってしまう。

　私は通販が大好きであるが、先月コットンのワンピースを選んだら、ネイビーブルーが売り切れであった。

　その時、「青い花模様」にも目が止まった。自分では絶対に選ばない柄だ。

「挑戦してみようかな」

　うちの中で着るつもりであったし、値段もすごく安い。もし失敗だったとしても、うちの中で済むことだ。

　そしてダンボールが届き、そのワンピースを着た。夫がちらっと見てヤな顔をしたが、私の格好にあれこれ言う男ではない。

そうしたらハタケヤマが言った。

「ハヤシさん、すごく似合わない。おばさんに見えます」

「やっぱり！」

花模様を着こなす愛らしさが私にはないのではなかろうか。が、洗たくする時以外、このワンピをほぼ毎日着ている。なんだか意地になって着ている。わりと着心地がいいのだ。

ところで、知り合いの女性で、きてれつなファッションをする人がいる。派手とも違う。センスが悪い、というのとも違う。やたら少女っぽいのだ。

ピンクやベージュの花模様のワンピには、ラメが織り込まれている。そしてお花のネックレスやバッグ、ポシェットは子熊さん。ロングヘアをおさげにしていることもある。見る人はかなりギョッとするはずだ。

私はかねてよりこの方のファッションに疑問を持っていた。

「頭がいい人なのに、どうしてこんなヘンな格好しているんだろう」

そしてわかった。彼女はえらい人なので、いつも運転手付きの車に乗っているのだ。

「もし電車に乗っていたら、あの人、絶対にあんな格好は出来ないと思う」

ジロジロ見られたり、ヘンよねー、とささやかれたりするはず。しかし幸いといってはナンだが、電車に乗ることはない。彼女のファッションの特異性は保たれるのだ。やはり人の目は、センスを磨いてくれる。ちょっと口惜しいけれど、その威力たるやすごいのだ。自力でおしゃれになれる人は、よほど天性のものを持っているんだ。

三回ルールでね

　今から四年前、あるトーク番組に出た時のこと、そのＭＣの女性タレントさんがとても可愛くていい感じだった。

　番組が終わった時に彼女から、

「ハヤシさん、ＬＩＮＥやってない？」

と聞かれ、やってない、と即座に答えた私。だって本当にやってなかったから。今思うと惜しいことしたな。

　今はＬＩＮＥなしでは、とても生きていけない私。しかし友人の中には、

「ＬＩＮＥ嫌い」

というおじさんがいる。うちの夫もそう。しかもかたくなに前の番号でメールしてくるので、私はガラケーとの二台持ちしなくてはならない。非常に不便だ。

最近は仲よくなるとみんなでLINEを交換する。グループLINEは友情の証し。

昨年の冬のこと、誘われてお鮨屋さんに行った。そこには若い経営者たちと某有名人がいた。おそらく今日本で、「LINEをつなげたい人ナンバー1」の男性。

食事が終わった後、カウンターで誰かが、

「LINEやりましょうよ」

とその人に言って、みんなが交換し始めた。

「あ、私も入れて……」

と思ったが、女性は私一人だったしオバさんという引け目もあり、その輪に入っていくことが出来なかったワケ……。

あのことを思い出すと今も悲しくなる。

しかしこのあいだは、若いイケメン三人とご飯を食べた時、そのうち一人が、

「LINEグループをつくろうよ」

と言ってくれてとても嬉しかった。そしてみんなが仲よくなって、LINEが活発化するというのは、とてもいいもんだ。

つい最近のこと、山梨のイトコの愛犬が亡くなってしまった。ものすごく可愛がっていたので、そのペットロスたるや、大変なものであった。そもそもイトコのところにいたトイ・プードルは、私がプレゼントしたもの。近くのペットショップで売れ残っていて、どんどん大きくなっていたコであった。

イトコは言う。

「もうペットショップで売られているコじゃなくて、保護犬を引き取ろうかな」

私の友人で譲渡会をサポートしている人がいる。彼女に尋ねたところ、譲渡会のリーダーを紹介してくれた。その人に連絡したところ、引き取っているワンコの写真を見せたいと言う。しかし電話では、うまくLINEの番号を伝えることが出来ない。

私はいいことを思いついた。

「○○さんとグループLINEにしてもらいます」

○○さんというのは、私に譲渡会のことを教えてくれた友だちだ。彼女なら、私のLINE、リーダーのLINEともつながっているはず。こうして私のスマホに、可愛いワンコの写真がどんどん入ってくるようになった。しかしここでまたもや問題が。イトコというのはかなり年齢が上でLINEをやっていないのだ。

考えた揚句、私は彼女の近くに住む別のイトコのLINEに、ワンコの写真を送った。この二人は姉妹で、しょっちゅう行き来している。こうしてやっとのことで、ワンコの写真はイトコの元に届いたのだ。

イトコがこのワンコに会いたいと言うので、ずうっと遠くの山中湖まで一緒に行った。小さな高原のホテルの庭に、わらわらとワンコたちがいた。どれも本当に可愛かったが、お見合いはうまくいかなかった。

こうしてまだ私は、ワンコの写真を送り続けている。

ところで私は、いろんな人を誘ってご飯を食べるのが大好き。

「この人とこの人はきっと気が合うんじゃないかなぁ」

と思って何人かをピックアップし、一緒にお酒を飲み、みんなで意気投合。そしてLINEグループをつくり、みんなでわいわいやるのを無上の喜びとする。

しかし困ったことに、そんなに人間がデキてない。心が広くないワケ。つまり紹介した者同士が、私抜きでどんどん仲よくなって一緒に仕事したりするのを見ると、ちょっとむっとする。

「そんなのあたり前よ」

と友人が言った。彼女は私なんかよりもっとすごい人脈の持ち主だ。

「むっとするのが人間っていうもんだもの。だから私は三回ルールを決めてるの」

仲よくなりたい、もっと親しくなりたいと思う人がいても、すぐに直接連絡しない。その人を紹介してくれた人を必ず交えて会う。しかしそれは三回まで。

「三回義理を果たしたら、あとはどんどん進めていってもいいんじゃないですか」

なるほどね。

そして昨日、私はまたLINEグループをつくった。バツ2の美人と、昔からの男友だち。私はこの男友だちにまるで興味がないので、このまま二人が仲よくなっても全然構わない。だから早めに一人帰った。心が広くなったということではなくて、男性への関心の問題ですね。

奇怪なわが家

それは怖ろしい夏の始まりであった。

夜の九時ごろ帰ってきて、「ただいまー」と玄関のドアを開けたら、夫がけげんな顔。

「えーっ、今帰ってきたの?」

「そうだよ」

「さっき、八時半ごろ、キミの仕事場の電気がついていたよ」

「まさか」

「いや、確かに見た。あれ、もう帰ってきて仕事場に寄って仕事してるのかな、って、何度も何度も二階から確かめたもの」

ここでうちの話をすると、わが家はタテに細長い敷地に立っている。よって中庭をつくり、前を事務所棟（棟というほどでもないが）、後ろをプライベート棟として、二階の渡り廊下でつないだ。十八年前、完成した時はなかなか素敵なうちであった。その頃のアンアン編集者テツオが、どうしてもグラビアに出てくれ、と言うので、うちの写真を何枚も載せてもらった。写真と一緒に編集部の方では見取り図のイラストもつくった。そうしたら泥棒に入られた。アンアンを読む泥棒がいるなんて驚きであるが、本当に被害にあったのだ。

台所のガラス戸を割ってまずはプライベート空間に入り、誰もいないと思って渡り廊下から事務所棟へ。そうしたら、そこにたまたま留守番のお手伝いさんがいて悲鳴をあげたため逃走。

何も盗られなかったが、その後警察が来たりセコムに入ったりしていろいろ大変だった。

そんなことはどうでもいいとして、うちは仕事場とプライベートとが、くっきりわかれていると認識していただきたい。その夜夫は、二階の自分のデスクに座っている時、中庭ごしに私の仕事場のあかりを見たというのだ。

その話を秘書のハタケヤマにしたところ真青になり「実は……」と話し出した。

「昨日、仕事をしていたら、上でみしみしと人が歩く音がしたんです」

事務所棟の上は、ゲストルームと私の着物部屋になっている。人が歩くはずはない。

キャーッと二人で震え上がった。

実は数年前から、この家には奇怪なことが起こる。夫が言うには、私も子どもも留守の夜、一人で寝ていると、廊下で誰かが歩く音がしたり、壁をノックしたりすると
いうのだ。

「だけど悪さをするわけじゃない。人の気配がするだけなんだ。我慢しろ」

と言うけど、怖がりの私は本当にイヤ。だから一人の夜は絶対に避ける。夫や子どもがいない時は、弟か姪っ子に泊まってもらっている。

そしてあかりがついていた夜から三日後、帰ってくると夫が私に尋ねた。

「あのさ、今日ハタケヤマさん、オレンジ色の服を着ていなかった?」

「えっ、どういうこと? 私、今帰ってきたけど、黒っぽい服だったような」

「さっき渡り廊下のところで、オレンジ色の女の人の後ろ姿、見たんだ」

ここでわーんと泣き出す私。泣きながらハタケヤマのところへ行ったら、

「さっきバイトの人が来て、本の整理してもらってましたから」

と笑った。確かにオレンジ色の服を着ていたそうだ。よかった……。

このように私は本当に怖がりであるが、怖がりだからこそおっかない話が大好き。そういう本をよく読むし、霊感体質の人のところへ寄っていく。

同じ作家仲間のAさんは、そのテの本を書いているぐらい「見える」んだそうだ。このあいだ一緒にランチを食べていたら、「あっ」と声をあげた。

「今、ハヤシさんの後ろに男の人の影が見えたんだけど」

「やめてよ！」

でも、どういう人と聞いてしまう。

「スーツ着たサラリーマン風の人。たぶんハヤシさんのストーカーじゃないかしら」

びっくりした。男のストーカーなんてまるで心あたりがない。そもそも男性のファンなんていうのもいないし。

「でも本当に見えたわ。気をつけてね」

ということで、ちょっとは期待していたのであるが、おとといまたランチをしたら、すっかり消えていたということである。

さてわが家の「音」であるが、夜中に仕事場にいたら、確かに聞こえてきたのである。人の歩く音。急いで母家に行ったら、夫はもう眠っていたし、子どもはテレビを見ていた。でも確かに聞いた。人の歩く音……。

そしてさらに不思議なことが。

昔から私は耳かきが大好きであった。それはもう病的なくらい。おととし（二〇一五年）耳なりがして耳鼻科へ行ったら、

「あなた、ちょっと耳かきし過ぎですよ」

とマイクロスコープを見せてくれた。ひっかき過ぎて中が赤くなっている。しかし、やめようやめようと思ってもつい手を伸ばす〝耳かき依存症〟。ところがベッドのサイドテーブルに入れておいた愛用の竹の耳かきが、ある日こつ然と消えた。私以外触れることのない場所から。私のことを心配してくれている霊のしわざか……。

上海ブーム、再び!?

流行にのっているわけではないが、私は台湾が大好き。

このところ、毎年のように行っているのは皆さんもご存知だと思う。

その前は北京や上海によく行っていたが、工事ばかりしていて埃《ほこり》っぽい。見れば街はビルばかりになっている。そうしているうちに尖閣問題やらいろいろややこしいことが起こり、

「メインランドはもういいや」

と思うようになった。

そういう人はいっぱいいいたらしく、台湾が前代未聞の大ブーム。食べ物はおいしい

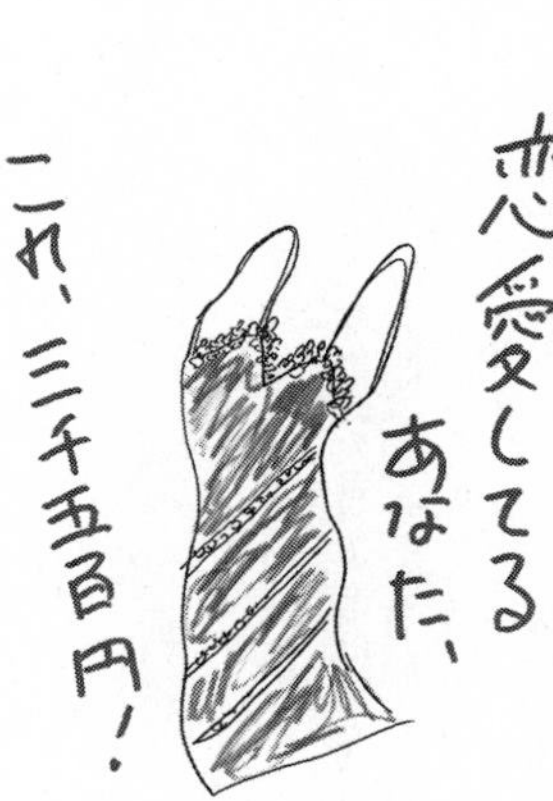

し、スイーツは充実。古い街並が残っているのもいい感じ。何よりも皆さん親日的なので、つい台湾に足が向いてしまうのだ。

ところでこの夏、七年ぶりぐらいに上海へ行くことに。私の新しい翻訳本が二冊出ることになって、そのプロモーションのためである。

この翻訳にかかわってくれたホリキさんも一緒だ。彼女も毎年台湾に遊びに行く仲間である。いや、私よりもずっと台湾愛が強いかもしれない。別の友人と、昨年は三回行ったというからすごい。

彼女も行く前は、

「上海はもう大都市すぎてつまらない」

なんて言っていたのであるが、実際行くと大違いではないか。

開発もいち段落したのか、工事現場をあまり見なくなった。それどころか、古い家並が結構残されているのだ。

一日めはちらっとお買物に出かけた。お洋服や小物の、小さなお店がずらりと並んでいる。店員さんが不愛想で、ちっとも可愛くもおしゃれでもないのが日本とは違う。しかしそこにかけられているお洋服がステキ。高級ブランドの〝なーんちゃって〟がいっぱい。

「中国の工場から横流ししてるものを売ってる、なんていわれるところもあるけど、もちろん嘘」

そうですよね、素材がまるで違う。私も何か買おうと思ったのだが、細っこくてまるで入らない。

中国の人はものすごく食べるのに、デブをまるで見ないのが不思議だ。しかも脚の綺麗なことといったら。膝の下がぐーんと長いのである。が、あまり化粧をしない。そこがばっちりメイクの、ソウルや東京と違うところだ。

ホリキさんはここで花模様のワンピを買った。どう見ても某ブランドの今年のそれだ。値段は一万五千円ぐらい。

「遊びで着るのも面白いかも。アクセをじゃらじゃらつけて」

とおしゃれ番長の彼女は言った。

私はブローチを二個買い、八千円。アンティックな感じでとても可愛い。

そして次の日、新開地という観光地に出かけた。昔の上海のごちゃごちゃとした路地に、小さな店がいっぱい出来たのだ。土曜日とあってすごい人混みである。

中国の不思議なところは、人がぞろぞろ歩くこの狭い路地に、人がちゃんと住んでいること。アクセサリーショップとアイスクリーム屋の間にはさまれて、ひょいと覗くと昔のまんまの台所と冷蔵庫が見えたりする。しかも、ぞろぞろ歩く人の頭上に洗濯物が干してある。それも汚いパンツ。

どうということもないお土産物屋さんが多いが、ホリキさんは、その一軒に入っていく。

「チャイナカラーのブラウスが一枚欲しいの」

ということであった。コットンのギンガムのものをいろいろ試着する。

私は大昔、東京のおしゃれな女の子たちが、〝大中〟で買ったチャイナブラウスを着ていたことを思い出した。そう、大中。六本木にあった中国の雑貨屋さん。ほうろうに金魚の絵を描いた洗面器なんか、みんな買ってたっけ。

そうあの頃、突然起きた上海ブーム。国交正常化がなったばかりで、行けるのは最先端のトガった人ばっかり。「ブルータス」が上海大特集を組んでいたっけ。お土産の「上海」と書かれたTシャツを着るのが、どんなにおしゃれだったか……。

ホリキさんの試着を待つ間、思い出にふける私。そしてふと目についたものがある。シルクの下着だ。いい女の証しである繊細な絹のスリップを、私はイタリアでよく買っていたものだ。独身の頃ですね。有名ブランドのものはすごく高くて、レースの凝ったものだと七、八万した。

が、ここに並んでいるスリップは、イタリア製のあのブランドと同じじゃないか。ベビーピンクで、胸のところにいっぱいレースがついている。そればかりじゃない。斜めに走る切り替えは透きとおっていて、そこにもはかないレースが……。

「買った！」

こういうのは、もう通販専門の私には不要なものであるが、不倫専門の友人のお土産に買っていきましょう。といっても三千五百円ぐらいであるが。もう一枚赤いスリップも包んでもらった。

夕食は、とてもスタイリッシュな北京ダックのお店に。クレープでくるむだけでなく小さなパンにはさんで食べる。おいしい。そして、

「上海いいじゃん！」

とつぶやいていたのである。

まつエク、失敗？

ある日、友だちが遊びにやってきた。

顔が変わっている。なんかヘン。〝お直し〟ではなく、睫毛のエクステをしていたのだ。

私がじっと見てくるのに、彼女も気づいたらしい。

「エクステしたのよ」

「そうらしいね……」

「すっごく便利だよ。マスカラしなくてもいいしさァ」

「へえ……」

「マリコさんもやりなよ」

「めんどうくさいし」

「そんなことないよ。私の知ってるとこ紹介してあげる」

と、実は誉め言葉を要求する、女同士のいつもの会話があり、彼女は帰っていった。

私は本当はこう言いたかったのだ。

「そのエクステ、すっごくおかしいよ。やめた方がいい」

彼女はもう中年ともいっていい年齢だ。よって瞼は垂れ始め、目尻も下がっている。そこにびっしり庇《ひさし》のようなものが張りついたらどうなるか。目はさらに下がってくるのだ。

それに、似合わないエクステしてる人は、総じてあんまり頭がよさそうには見えない。

「あなたの知的な雰囲気には合わないよ。エクステって、若くて二重のパッチリしてるコがつけると、お人形みたいになって本当に可愛いけど、中年の人はやめた方がいい。ホント」

しかしいくら親しい仲でも、こんなことは言えやしない。相手だって私に言いたくても我慢してること、いっぱいあるのではないだろうか。

その夜、テレビを見ていたらCMに石田ゆり子さんが出ていた。鼻唄を歌っている。

「ちっちゃな頃から悪ガキで　15で不良と呼ばれたよ〜」

この歌詞と正反対の清楚な美しさ。もう四十七歳だなんて信じられない。この方は最近人気がウナギ上りだ。「逃げ恥」で久しぶりに見て、

「この人、やっぱりいい！」

と思った人も多いに違いない。

それはひと頃流行った「美魔女」のアンチテーゼではなかったろうか。

私のまわりにも「美魔女」はいっぱいいる。ものすごく手のかかったメイク。アイシャドウはラメ入りだし、リップグロスはばっちり、顔全体がキラキラヌメヌメしている。お顔全体はお直ししてなくても、ヒアルロン酸でぱんぱんに張っていてヘンに丸顔。

髪はウェイブが入っていて、冬でもたいていノースリーブ。スカートからはよく鍛えたナマ脚が見える。もちろんネイルはすごく凝ってて工芸品みたい。

「よく頑張りました」

と思わず、サクラのハンコを押してあげたくなってくる。

キレイはキレイなのであるが、

「どんだけ時間がかかってんだか……」

と思わずにいられない。

睫毛エクステしている人も多いですね。

しかし石田さんからは、そういう努力のあとは見られない。ふつうにしていて綺麗で可愛い。だから品がある。

今から二十年前、この方は私が原作を書いたドラマに出てくださったことがある。そお、あの不倫ドラマ「不機嫌な果実」ですね。

あの女性主人公は、自分の欲望に忠実で、エグいセリフもポンポン飛び出す。石田さんは当時、

「私が一生涯口にすることがない言葉」

と語っておられた。本当にすみませんでした。しかし今もなお、この美しさ。再ブレイク、自分のことのように嬉しい。

そして私は、石田ゆり子さんの次にくるのは、戸田菜穂ちゃんだと思っている。このあいだテレビ局で会ったが、その美しいことといったら驚くばかり。彼女は四十三歳で二人のお子さんのママになっているが、紺色の女学生みたいなワンピが本当に似合っていて、この人も美の成功組。彼女は私が原作のテレビドラマでデビューした。

私の描く女性像を演じてくれた人たちが、こんなに素敵な大人になっているなんて本当に嬉しい。

ところで睫毛のエクステ問題であるが、行きつけのサロンでその話をしたところ、

「それは分量の問題じゃないの」

と言われてしまった。

「中年の人には、中年の量があるんですよ。その方は量を間違えただけ。ハヤシさんも目尻だけにちょっとしてみると、パーッと顔が変わりますよ」

ということで、心が動き始めたのである。

この頃写真を撮ると、どうも目がパッチリしない。昔からトロそうな、眠そうな目であったが、最近はトシのせいでますますぼうっとして見える。

「元々の睫毛がこんなにあるから、目尻だけつければ大丈夫。それからついでに、アートメイクもしたら？　アイラインやったら、すっごくいいですよ」

というお世辞交じりの誘いに、じゃ、今度、と思わず言ってしまった私である。

運がよければ、ね

最近、イケメンの若い子「百花繚乱」という感じしませんか？

若い女の子もいっぱい出てるんだろうけど、こちらの方は憶えきれない。

竹内涼真クンを朝ドラで見た時は、それほど興味を持てなかった。おとなしい地方出身のお坊っちゃまという設定である。しかし「過保護のカホコ」にはすっかりハマってしまった。こちらは朝ドラとは真逆な、ビンボーな大学生の役。ちょっと意地悪なのもいい。

「つき合ってください」と頭を下げるカホコに「ムリ」と言うのにキュン。やがて、

「恋愛感情はまだないけど、オレにはお前が必要だ」

と言うのにもキュンキュンキュン！

結局ドラマの人気というのは、男性の俳優さんにかかっているのだ。私はあんまり見ていなかったが、大河ドラマで高橋一生さんが死んだ時はみんな大騒ぎしていたっけ。

女の人は、ドラマを見て、そしてまた自分だけの物語をつくるのだ。

「こんなことを言ってほしい」

「こんな風にキスされたい」

という願望をかなえてくれるのがテレビドラマであり映画なんだとつくづく思う。小説の出番は少なくなるばかり。

今の若い人たちは、みんな恋愛にあまり関心がないというけれども、私はそうは思わない。特に女の子はね。単に恋愛ベタの男の子が増えて、うまくリードしてくれないことに原因があるのではないだろうか。

だから世慣れたおじさんにしてやられることが多いのだ。昔から妻子ある人を好きになるケースはとても多い。頭のいいコたちは、ちょうどいい頃でひき揚げるのであるが、中にはずるずるぬかるみにはまる人も……。いい年になっても「愛人」やっている人が私の知り合いに何人かいる。結婚もしないで、ずうっとひとりの人を思ってる。

「彼のことを本当に愛してるの」

とか言っているうちにおばさんになってきた。私はこういうのはやめようと声を大にして言いたい。

なぜなら、年頃にてっとり早く結婚しとけば、運がよければ、運がよければですよ、後から人生のお楽しみはちゃんと用意されているからだ。まぁ、別名「不倫」とも言うけれど。

多くは、独身の女性が妻子ある人とつき合うのを「不倫」と言うが、こちらの不倫よりも、自分が人妻になってからの不倫の方が余裕をもって楽しめるかもしれない。

最近マスコミがやたら「フリン」「フリン」と叩く。この号が出る頃にはどうなっているかわからないが、民進党の山尾志桜里議員が週刊誌に暴露された。世間から叩かれ「離党」をした。ずっと前から狙われていたらしい。

「出るクイは打たれる」

という言葉が、今ほどあてはまることはないだろう。市議会議員さんとつき合っていた今井絵理子議員も、コテンパンにやられてしまった。ちょっとでも目立つことをやれば、すぐに何かされる。こういう世の中ってどうなんだろう。

私なんか昔から、そりゃ打たれて打たれて、叩かれまくりましたよ。しかし、

「出過ぎたクイは、もう打ってもムダ」

をモットーに頑張ってきた。

それはまあ置いとくとして、「出るクイ」の多くの人たちが「不倫」というカナヅチで叩かれるのはなんとも惜しい。なぜなら「不倫」というのは、神さまから特別な人たちに与えられた甘い甘いお菓子だと思う。

私は先ほど、

「運がよければ」

という言葉を使った。

それは四十代になっても、山尾さんのような美しい容姿と魅力を要しているか、ということにかかっているのだ。単なるおばちゃんが浮気するのではない。魅力ある中年男女がひめやかに愛を育てる。それにはいろんな条件が必要だ。容姿ももちろん、お金も必要。特に知性がなければ、大人の恋は育ちません。いわば選ばれた人たち。私は選ばれていないと自覚しているので、そんなことはしませんが、長い女の人生、夫以外の人に胸をときめかせることもしょっちゅう。もしあちらが積極的に出てきて

くださったら、どうなっていたかわからない。

山尾さんとか今井さんの場合は、あちらがぐんぐん攻めてきたんでしょうね。

もちろん私は「不倫」を決していいこととは思わないが、いけないことでも楽しいことはいっぱいある。そして、そういうのをじっくりこっそり味わうのも大人だけの特権だと思う。

マスコミの人たちにも言いたい。あなたにも憶えがあるでしょう。あのせつなく幸福な恋のはじまりの日々。結婚してもそういうものを手に入れた人たちをそんなに憎まないで。やがて別れの日がやってくるのが「不倫」というものですもん。

さあ、私を見て！

キョンキョンをナマで見るのは、二十年ぶりであった。

そう、その昔アンアンの表紙撮影と対談があったのである。当時キョンキョンは、第一次アイドルブームが終わり、大人の女優の道を歩き始めた頃。人気はずーっと衰えることはなかったっけ。

が、初めて会ったキョンキョンは、

「キレイで頭のいいコ」

という印象は持ったものの、なにせスターであるから、

「私とは全く違う世界の人」

という感想の方が強かったであろうか。そのとおり、その後もう会うことはなかった。それから月日はたった。今年、私は選考委員を務める「講談社エッセイ賞」の候補作の中に、キョンキョンの本を見つけた。

『黄色いマンション　黒い猫』

だって。イラストがかわいい。彼女が青春をおくった原宿の思い出を書いたものだが、これがすごくよかったのだ。

「芸能人の書いたもの、どーなの？」

という偏見でのぞんだ他の選考委員もびっくりしていた。

すごく繊細な感受性が、みずみずしい文体で描かれ、知性とセンスに溢れている。そしてほぼ全員一致で、受賞が決まったのだ。

授賞式に行ったら、いつもの倍の人たちが来ていた。マスコミの人たちもいっぱいで、テレビカメラがずらーっと並んでいた。

「キョンキョンは、今日本当に出席するんですかねー」と私に聞く人もいた。

しばらくして、控え室にキョンキョン登場。もちろん事務所の人はついてきたんだろうけど、外にいて、キョンキョンは一人で入ってきた。

すっかり美しい大人の女性だった。

「顔小さい！」というつぶやきが漏れる。

さりげない黒のワンピを着ていたけれども、よく見るとアシンメトリーになってい
る凝ったもの。ステキ。

二十年ぶりにちょっぴりお話ししちゃった。彼女のエッセイを読んだせいで、もの
すごく近しい存在になっている。もちろん私の方がだけど。

さらにキョンキョンはスピーチもよかった。パーティーでは皆に囲まれながらニコ
ニコ、ふつうにお話ししてた。気取ることもない。

なんか嬉しい。

この浮き沈みの激しい芸能界で、不動の人気を保つことがどんなにむずかしいこと
か。そして変化し、成長しているキョンキョン、本当にカッコいいぞ。

ところで話が変わるようであるが、最近、

「あなた、いったい誰なのよ？」

と聞いてみたい人がいっぱいいると思いませんか。

おととい私は新幹線に乗ったのであるが、いましたよ。

「WHO ARE YOU？」

と思わず声をかけたくなるような人が。

顔の三分の二を占めるマスク、その上には三分の一のサングラス。顔の面積をすべて覆っている。ちょっとスタイルがいいもんで、やたら目立つ。あの覆面スタイルは、「私を見て！　私を見て！」

と言っているような気がしてならない。

自分から芸能人です、と名乗っているようなものではないか。さあ、あててくださいと。

そんなもんで私は近くに寄って、誰だろうかと推理する。不思議なことにスタイルから、わりとあてることが出来るものだ。それと顔の形や髪型であろうか。しかし夏は帽子をかぶっている人も多い。

帽子にサングラスとマスク、この三点セットは、典型的な芸能人の朝帰りスタイルだ。よく週刊誌に、彼女、もしくは彼の部屋から出てくる姿がキャッチされるが、この三点セットをつけているとがっかりする。そんなコソコソするんなら、恋人と会わなくてもいいんじゃないだろうか。

どうしてデイトする時にも、芸能人っぽくしなきゃいけないの……。

といろいろ思うわけだ。

が、芸能人の場合は、まだわからないでもない。

「写真撮られたら困るもんね」

という同情の余地もある。私が許せないのは、シロウトさんのくせして三点セット、あるいは二点セットを身につける人たち。

どこかで見かけて、

「わっ、芸能人がいる」

とずーっと目で追い、誰だろうかと考える私がバカに思えてくる。

だからこそ、ふつうにニコニコしているキョンキョンが、すごく素敵に見えたワケ。

私がこのこと話したら、テレビ関係者が、

「キョンキョンって、いつも楽屋かスタジオの待ち時間、ずーっと本を読んでるの」

と教えてくれた。

「そんなことしてるの、彼女と芦田愛菜ちゃんぐらい」

皆さん、読書の秋です。いい女への近道は本を読むことだってば、ホント。

がっかり美女

あるアーティストのコンサートへ行った。さしさわりがあるので誰だか言えないが、とにかく大人気のアーティスト。

私たちは前から四番めの席であったが、いちばん前の席に目立つ二人が座っていた。かなり可愛い。びっくりしたのはそのいでたちである。ボトムはゆったりしたパンツであるが、上がタンクトップブラなのである。露出度があまりにも高い。

「ステージの上から見て、目をとめてもらえるように頑張ってるのよ」

と友人が言った。

それにしても彼女、スタイルはいいし、顔はレベルが高いし、モデルみたいだ。タ

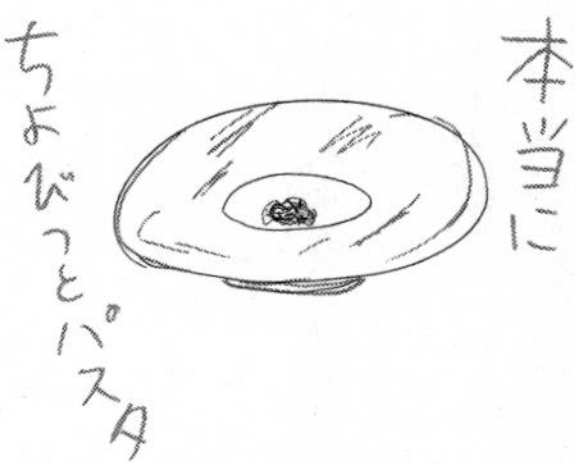

ンクトップブラに長い髪もよく似合っている。

やがてコンサートはフィナーレに。すると演出で、上から銀色のテープがいっせいに落ちてきた。ゆっくりとしたスピードだったので空中でキャッチする私。今日の記念にするつもりであった。しかし次の瞬間、手に痛みが。最前列のタンクトップ娘が、目の前に立っていた。私の手からテープを奪おうとしているのだ。

「何するの！」

私は叫んだが声にならない。わざわざ人の席まで来てテープをひったくろうなんて、いったいどういう根性をしてるんだ。

「ふざけんじゃないわよ」

私はテープを守ろうとしたがすごい力だ。ここで争うのは大人げないと思い手を離した。腹が立って人に話したら、

「ハヤシさん、そういうのメルカリで売るんですよ」

と教えてくれたが、私は彼女を熱烈なファンと信じたい。それにしてもひどいと思いませんか。ちょっと顔が可愛くて、プロポーションがよくても、あんな女の子はサイテーだと思う。

そこへいくと、私のまわりの友人は、ちょっとぽっちゃりしていても素敵な人ばか

りだ。昨日、お芝居を見た帰りに女友だちとおそば屋さんに行った。そこは遅くまでやっているうえに、天ぷらやおでんといった料理がとてもおいしい。しかも外にテラス席があって、ここがとても快適なのだ。

私たち三人は食べることと飲むことが大好き。サンマのフライに板わさ、おひたしなんかを頼み、焼酎でぐびーとやっていたら、隣りの席に三人の女性が座った。夜目にも、ものすごい美女だとわかった。目が合う。

「あーら、久しぶり」

有名な女優さんたちであった。こちらもお芝居を見た帰りである。皆さんとは対談でお目にかかったことがある。日本を代表する人気女優たちが、こんな居酒屋風そば屋にくるなんてびっくりだ。

私の友人は、初めて見る彼女たちの美しさに驚いていた。

「なんて顔が小さいの！」

店を出るなり興奮して振り返った。

「なんて美しいの。世の中は、男と女、そして女優という三つに分かれる、って本当だったのねー」

感動のあまり、首を何度も横に振った。それから悲し気に言った。

「あの人たち、私と同じ人種とはとっても思えないわ」

薄闇の中の彼女は、アルコールのために顔がてらてら光っていた。いつもはキレイだけど、あの女優さんたちを見た後だったので、顔がとても大きく見えた。やっぱりまるで違う人種だ。私がこう思っているということは、あちらも私の顔を見て同じことを思っているであろう。

NHKの「サラメシ」を見ていたら、有名出版社、新潮社の社員食堂が出ていた。私はこの会社に行くたび、社員食堂が気になって仕方ない。一度入ってみたいのであるが、

「ハヤシさんが行くようなところじゃないですよ」

と皆に止められる。あまりにもチープだというのだ。しかしテレビを見ていてわかった。あまり他所《よそ》の人に見せたくなかったのだ。安くておいしいをひとり占め。なんと、二百円で好き放題といっていいぐらい食べられるのだ。チキンライスの上に、コロッケや魚をのせ、焼きソバでまわりを固める人も。

「炭水化物に炭水化物をのせる」

という、信じられない食べ方をしているのだ。

そこへ特徴ある体型の女性が登場。私もお世話になっている、出版部長の中瀬ゆか

りさんだ。おいしそうに、チキンライスプラス焼きソバを召し上がっている。

「炭水化物のダブルなんて、うちの会社ではふつうです」

とおっしゃって、ぱくぱく口に運ぶ。週刊誌を読みながら、というのがいかにも出版社の管理職っぽい。とてもカッコいいぞ。

私はそんな度胸がないので、毎日いじいじと暮らしている。食べ物には気をつけ、炭水化物なんて絶対に食べない（ようにに心がけている）。夫と二人で行ったイタリアン。コースになっているので、パスタが二皿ついてくる。うんと少しにして、と言ったら三すすりぐらいのがきた。私のリクエストどおり、出来るだけ炭水化物を減らしてくれたんだ。ありがとう。

美乳進化論

昨夜はとても楽しかった。

久しぶりにアンアン編集部の皆さんと焼き肉に行ったのである。

私が以前から、

「本郷の焼肉ジャンボが最高においしい。いつもワインを持ち込んで、ワイワイがやがややるの、すっごーく楽しいよ」

と言うのを聞いて、担当のシタラちゃんや前の担当グンジさんもぜひ行きたいと言い出した。編集長のキタワキさんやライターのイマイさんも加わり、女子会ということになった。

私はオヴァチュアを二本持っていく。これはわが家のハウスワインともいうべきもの。オーパスワンのセカンドワインであるが、味がしっかりとしていてバランスがとれている。しかもリーズナブル。七年前（二〇一〇年）にナパバレーへ行き、ワイナリーツアーをした時、一緒に行った和田秀樹さんから、

「これ、日本に輸入してないし、すごくいいよ」

と教えられたあのワインである。

その後、がんがん日本にも入ってくるようになったが、今でも二ダース直接買いつけている。どこに持っていっても喜ばれる一本だ。

この店はいろんな牛の部位を、ひとりひとり丁寧に焼いてくれる。まずは生ビールで乾杯して、それからワインを飲んだ。

といってもキタワキさんはまるで飲めない。飲むのはもっぱら私とグンジさんとシタラちゃん。シタラちゃんは若くて可愛い顔をしているが、ものすごい酒豪である。最近こんなに飲むコは珍しいかもしれない。

私はつい説教してしまう。

「シタラちゃん、気をつけるんだよ。このあいだも男性週刊誌に、新宿歌舞伎町で酔いつぶれて、道路に寝っころがってた女の子の写真が載ってたよ。パンツ丸見えだっ

たよ」

「ハヤシさん、私は歌舞伎町になんか行きませんよッ」

シタラちゃんはムッとした。

「私が寝っころがっちゃったのは、表参道ですよ」

そうか、失礼しました。

話題はこのあいだ完売したアンアンの話に。この雑誌が売れないご時世に、女性誌が完売するというのはすごいことなのだそうだ。そう、あの「美乳特集」である。

「田中みな実ちゃんがよかったよねー。スタイルいいのにすっごく綺麗で大きいバスト。あのギャップがすごいよねー」

と私。

そしてみんなにこんな話をした。それはつい最近見たオペラのことである。

外国からの引っ越し公演であったが、演出がものすごく斬新。十五人の女性バレリーナが、いっせいに月に向かって矢を射るシーンであるが、みーんなトップレス。バレリーナにしては豊かで形いいバストがいっせいに並んだ。

前に座っていたおじさんなんか、ずっと双眼鏡で見てたっけ。

「だけどドイツオペラでは、トップレスになるのは、どうっていうことないんだよ。

全裸で踊るシーンがあるオペラもあるぐらいだし」

私のちょっと高尚な話にみんな、ふぅーん。

しかしこのあいだまで、みんな「美乳」ということにそれほどこだわらなかったような気がする。バストが大きい、小さいというのは運命に任せていたのではないだろうか。

それに、なまじバストが大きいと、野暮ったい体型になる。洋服もうまく着こなせない。だいたいにおいて、バストが豊か、というのはぽっちゃり体型になる。

つまり、

「うんとスタイルがよくて貧乳」

というのと、

「うんとバストがあるけどややデブ」

という選択において、多くの女性たちは前者だったような気がする。そもそもバストを強調するのは、ちょっと下品とされ、ひんしゅくを買った。昔のアイドルたちが、胸にサラシを巻いていたというのは、あまりにも有名な話だ。

ところが最近になってから、田中みな実ちゃんのように、

「スタイルもよくて脚も綺麗だけど、バストも豊か」

という女性が出てきたのである。そうすると、バストは強調するものでもないが、隠す必要もない。男にとっても、女にとっても憧れの対象となる。こうして「美乳」という言葉も生まれ、アンアンでも特集が組まれるようになったのだ。

「セックス特集」のように、「美乳」によってまたもやアンアンは、日本の女性の意識を変えたのではないか。すごい。

私はもうシナビてく一方であるが、先日は台湾で「美乳クリーム」を買った。毎日マッサージすると変わるんだとか。バストは運命じゃない。努力でどうにでもなると「美乳特集」は教えてくれたのである。それにしても、お酒の飲み過ぎは美乳にやっぱりよくないよね。

マリコの芸術ウィーク

今日編集者の人と話していたら、原田マハさんの本がとても売れているそうだ。

「今年、ジャクソン・ポロックの本を書いていただいたら、本当に彼の幻の絵が見つかったんですよ。びっくりしました」

ジャクソン・ポロックというのは、現代アートの巨匠で、第二次世界大戦後のニューヨークで活躍した画家。彼の作品をモチーフに小説を書き、これがたちまちベストセラーに。

わかるような気がする。原田さんの本は私も時々読むが、面白いうえにとてもためになる。美術の勉強にもなる。アートとストーリーがいっぺんに楽しめる本というのはめったにあるものではない。女性がこぞって読むのもわかる。それもおしゃれな女性が。

よく芸能人が「お気に入りの本」というのをあげると、必ず原田さんの本が出てくる。それはそうですよね。置いとくだけでカッコいい原田さんの本。そこへいくと、林真理子の「美女入門」なんて、やっぱりさまにならないもんなぁ……。

昔からアート少女というのは廃れることはない。一定量いる。つい先日、直島、犬島、豊島の離島アートを楽しんでいたら、若い女性がいっぱいであった。みんな街中アートを背景に、ずぅーっとスマホで撮っている。

「インスタ映えするし、すっごくいいんじゃないの」

と、一緒に行った友人。確かにかき氷を食べているよりも、草間彌生さんのカボチャを背景にして撮った方が、ずっと知的でカッコいいぞ。その若くて可愛い編集者も、昨年友だちと一緒に直島に行き、カボチャと一緒に写真を撮ったそうだ。

「うれしくてうれしくて、いっぱいアップしました。直島に来てアートに触れている私ってやっぱりステキって思ったんですよね。こういう私ってイヤらしいですか？」

いや、そんなことないよと私は言った。

私が直島へ来たのは二回めであった。前回は高松に泊まったのであるが、今回は大人気のベネッセハウス。ここはホテルだけでなく、一部が美術館になっている。

私がいちばん好きだったのは、地下にあるネオンサインのアート。「LIVE AND DIE」「SLEEP AND LIVE」「SPEAK AND LIVE」といった言葉がネオンサインとなって点滅している。広い空間の中でこれを見ると、不思議な気分になる。代表的な現代アートの作者ブルース・ナウマンの「100生きて死ね」。億という値段がつくものだそうだ。

「ふうーむ」

私はうなった。

「これは確かに素晴らしいけれど、同じものを頼んだら、浅草できっと似たものをつくってくれるよ。二百万ぐらいで」

と言ったら、一緒に行った友人に、

「そういう発想をする人ってサイテー」

と叱られた。

「現代アートってコンセプトがすべて。それを最初に考えた人がえらいのよ」

ということだ。なるほどと反省した。

草間さんのアートにしても、最初にこんな色を考えたからすごいんだ。

そういえば昔、草間さんが小説をお書きになった頃、あるところでお目にかかったことがある。

「あなたがハヤシマリコさんね」

とニコニコして、とてもフレンドリィであった。今のようにすごいオーラにみちて、近寄りがたい巨匠だったわけではない。あの頃仲よくしていれば、作品を安く譲ってもらえたのに残念だ……。いけない。またセコいことを考えてしまった。

そして芸術の秋といえば、音楽の季節。皆さん、私が脚本を書いたオペラのチケット、買っていただいたでしょうか。とても面白く仕上がっているので、ぜひいらしてください。

先週、私は大好きなオペラに出かけた。オペラにもいろいろあって、プッチーニやヴェルディの初心者向きのものから、ものすごい上級者向けのものもある。

その日のオペラは、何とは言えないが、あきらかに上級者向けのもの。ものすごくシンプルな前衛的な演出である。いつまでもいつまでも二人の歌手の歌が続く。ストーリーはない。二人の歌手がえんえんと神と死について歌うのだ。私は聴いていてちょっとウトウトとした。しかしオペラで居眠りをするのはすごく恥ずかしい。私は手の甲をつねり、必死で集中しようとした。が、没頭出来ない。歌が耳に入ってこない。

こういう時どうしたらいいのであろうか。

楽しめないオペラというのはとてもつらい。しかもこのオペラというのは、なんと六時間という長さなのである……。

そして一幕めが終わった時、二時間がたっていた。あと四時間ある。私はいったいどうしたらいいだろう。

後半は意識を抜いた。いわば禅の境地。無になって音楽を受け止めようとした。

しかし終わった時、私はもう疲労コンパイしていた。オペラはスポーツと同じ。体力気力がたっぷりないと終わらない。こんな風にして、私のアートの秋は過ぎる。

ワーク&チャージ!

こんなに忙しく働いているわりには、いつもピィピィしている私。

なぜこんなにお金がないのか。答えは簡単、稼ぎ以上に遣っているからである。毎月カードの支払いをすると、残るのはほんのちょっぴり。その前に税金をがっぽり取られている。

しかしこの三ヶ月は、ずっとおとなしくしていた私。

「ハヤシさん、今、本当にお金がないんです。ですから、遣わないでくださいね。買物はやめてください」

と、ハタケヤマにきつく言われていた。だからお洋服も買わなかった。たまに買うのはファストファッションばかり。これで私の欲望が満足出来るわけがない。

「あと二ヶ月したら、お金が入ってくるんだし」

そう、新聞連載小説の原稿料もあるし、本は文庫を含めて四冊出る。ふつうならもうちょっと待つべきなのであるが、私の人生のモットーは、

「取らぬ狸の皮算用」

きっとベストセラーが出るはず、と信じて私は行動を起こした。もう我慢出来ない。まずはいつものショップに出かけた。すると店員さんたちが、

「ハヤシさん、なんかスッキリしましたね。痩せましたね」

と言ってくれた。やはりプロはわかるんだと嬉しい。しかし用意してくれたのは、いつものサイズであった……。

そしてさらに私の欲望は肥大していく。

「そろそろ大島を取りに行こうかな」

これにはあるストーリィがある。

昨年の春、小説の取材のために奄美大島を訪れた。奄美大島といえば大島紬。あちこち見に行ったのであるが、あまり気に入ったものがない。が、車で走っている時に織元のショウウィンドウに、素敵な白大島を発見。車を停めて、すぐそれを買った。

「ハヤシさんって迷わないからスゴい」

と皆に感心された。

人が手でたんねんに織っていく大島紬は、とても高価なものなのだ。

そして今年の春、再び奄美大島を訪れた。着物雑誌の撮影のためだ。モデルとなって、何枚か手持ちの大島を着た。この時、東京の呉服屋さんのご主人がご自分の工房を案内してくれて、

「ハヤシさんのために、今度ペイズリー柄とヒョウ柄の大島を織ってあげますよ」

と約束してくれたのである。

そろそろ、その特製の大島が出来た頃だと思う。別にお金がない時に見に行かなくてもいいと思うのであるが、楽しいことはまず先に始めるというのが、もうひとつの私のモットー。

たまたま一緒にいた着物好きの編集者も、

「行きたい、行きたい」

と言うので、一緒に出かけることにした。

実は来年の一月、大河ドラマのライブ・ビューイングに参加することになっている。二千人の観客と共に、第一回の「西郷どん」を見るのだ。

この時、

「原作者として大島を着てきてくれませんか」

と、あちら側からご要望があった。大島は四枚持っているが、もう雑誌で着たものばっかり。そんなわけで、新しいものも欲しいし、と言いわけする。

さっそくお店に行ったところ、ペイズリー柄だけが出来上がっていた。しかしちょっとイメージが違う。

「やっぱりこの花柄の方がいいんじゃないですか」

と編集者がさし出したのは、大きな花柄の方。確かにこっちの方がいいが、値段はペイズリーの三倍する。

が、ここで私は呪文のように、あの言葉を繰り返す。

「もうじきお金が入ってくるはずだし……」

ということでお買上げ。

この呪文によって買ったものは、着物だけではない。ヒンシュクを買いそうなので多くは語れないが、夫のカードで払ってもらった海外旅行のチケットとかいろいろ。

この他にも、ご馳走する約束の、フグの会が二回あるし、いったいどうするんだ。

そんな時、私はこのあいだ行った着物の展示会のことを思い出す。

「これから、ちゃんともっと着物を着たい」

という売れっ子の漫画家さんをお連れしたのだ。ベストセラー連発の彼女は、どっさりお買いになったが、その時、

「今年、いちばん楽しい日だワ」

とつくづく言った。すると、そうでしょう、と同行した私の友人が言った。

「私たち働く女はね、着物でチャージするのよ。わかった？」

私はチャージするものがいっぱいある。そのためにまた働く。予定もいっぱい。仕事もいっぱい。幸せなことである。お金がなくても大丈夫。

究極のリセット術

私がもし過労死であの世に行ったとする。残されたスケジュール帳を見て、

「これなら仕方ないかも」

と皆が言ってくれるに違いない。

このところ、完全にキャパを越えて仕事をしている。今週なんか対談が四つあった。サイン会や、新刊のためのイベントにも出席。小説の取材のために地方へ行き、私が台本を書いたオペラの稽古にも顔を出す。

毎日〆切りがあるから、真夜中まで書く。おまけに愛犬が病気になり、二日おきに

ペットクリニックに連れていっている。どんなに遅く寝ても毎朝七時に起き、クスリを飲ませるのもひと苦労。

このあいだは、ヘアメイクをしてもらっている間にぐっすり眠ってしまった。こんなことは初めてだ。

「だけどハヤシさんは、寝方がとてもいいよ」

とヘアメイクさん。

「下を向いて眠られると困るけど、ハヤシさんは上を向いてたからやりやすかった」

さぞかしアホ面をしていたのであろう。

あまりにも疲れているので、新幹線やタクシーの中でぐっすり眠ってしまう。このあいだどこかの国会議員が、不倫相手とみられる男性としっかり手を握り合って眠っていて、世間の非難を浴びた。

「不倫もさることながら、国会議員たるもの、新幹線の中でグーグー寝ているのはけしからん。他の議員は必死に勉強したり、本を読んだりしているものである」

あの記事を見てからというもの、なんだか居眠りが出来なくなった。たいてい私は本を読んでいるのであるが、途中からうとうと眠るのが好きだったのに。

眠るといえば、「情熱大陸」に対して、私は未だに怒りを消すことが出来ないのである。

テツオに、

「新刊の『美女入門』の宣伝になるから」

と頼まれてしぶしぶ出た私がバカであった。なんかイヤな予感がした。やってきた女性ディレクターがものすごく感じ悪い中年女性で、

「私はあの人に、きっとイヤなめに遭わされそうな気がする」

と秘書のハタケヤマに言ったぐらいだ。その頃、母親が入院して、しょっちゅう山梨へ帰っていた。そんな私に彼女はついていきたいと言う。

「絶対に迷惑はかけませんから」

とか何とか言って、しつこくしつこく列車の中でもずうっとカメラをまわしていたっけ。

「眠っちゃいけない」

と思っていたのに、本当に疲れ切っていたため、気がついたらぐっすりと眠っていた。それもうつむいてウトウト……、といったレベルではなく、口を開けて爆睡。それを延々と「情熱大陸」で流されたワケ。

多くの人から、

「あんな悪意に満ちた『情熱大陸』は初めて」

と言われた。本当に腹が立つ。

私の友人もいっぱい「情熱大陸」に出ているが、私のようにイヤな思いをした人は誰もいない。私と違って、遣った経費もちゃんと払われていてびっくりだ。

私はどうしていつもこんなめにばっかり遭うんだろうか。テツオに、

「一生恨んでやるからね。そもそもアンタから頼まれたことなんだからね」

とケンカを売り、私たちの長い友情もあわやと思われることもあった。

話がそれてしまった。

とにかく人前で眠るのは、本当に用心しなくてはいけませんよね。

週末、うちの軽井沢の別荘で、バーベキューパーティをした。テツオをはじめ、男性陣は近くのホテルに泊まったが、女子四人はそのままわが家のベッドに。

この家は友人が長く使っていたものなので、すべてを残しておいてくれた。食器も鍋もフライパンも、ベッドもお布団もすべてある。私たちはパジャマのままで、ストレッチをしたりテレビを見たりしながら、夜中までずうっとお喋りをした。とても楽しかった。

しかし私は、自分のうちで眠る時がいちばん幸せ。週刊誌を読みながらゆっくりお

風呂に入り、大好きなキッドブルーのナイティに着替える。そして、

「眠っている間に痩せる」

というサプリメントを何錠か飲む。これは寝ている間に、新陳代謝を高める水素とかビタミン類。

それから歯を磨き、犬をかかえて寝室に入る。ワンコは夫のベッドにどさっ。そして私はピンクのシーツの自分のベッドに入る。読みかけの本を持って横たわるのだが、すぐに眠ってしまう。本当に疲れているのだもの。

実は私、このトシになるまで眠れなかった夜は数えるほど。枕に頭をのせると、三分後には眠りに落ちる。

昔ある女性作家が言っていた。

「女の子にとっていちばん大切な才能は、どんなにイヤなことがあっても、ひと晩眠ればリセット出来ること」

私は眠りの天才なのだ。

本書は、２０１８年２月に小社より刊行された単行本を文庫化したものです。

マガジンハウス文庫

美女《びじょ》は天下《てんか》の回《まわ》りもの

2021年6月24日　第1刷発行

著者　林《はやし》真理子《まりこ》
発行者　鉄尾周一
発行所　株式会社マガジンハウス
〒104-8003　東京都中央区銀座3-13-10
書籍編集部　☎03-3545-7030
受注センター　☎049-275-1811
印刷・製本所　中央精版印刷株式会社
本文デザイン　鈴木成一デザイン室
文庫フォーマット　細山田デザイン事務所

ISBN978-4-8387-7107-3 C0195
JASRAC 出 2104662-101